Barbara Bongartz
Der Tote von Passy

Barbara Bongartz

Der Tote von Passy

Roman

Dittrich Verlag

Bibliografische Information der Deutschen Bibliothek
Die Deutsche Bibliothek verzeichnet diese Publikation in der Deutschen Nationalbibliografie; detaillierte bibliografische Daten sind im Internet über >http://dnb.ddb.de< abrufbar.

ISBN 978-3-937727-22-7

Umschlaggestaltung: Guido Klütsch unter Verwendung eines Fotos von Susanne Schleyer

www.dittrich-verlag.de

Für Pascal

Am Ende besitze ich den Ort meiner Geburt,
und ich bin besessen von seiner Sprache.
Ross Macdonald

Eins

Lange Zeit wünschte ich den Tod meiner Eltern. Ich liebte sie und ich schämte mich für diesen Wunsch. Seine Erfüllung aber schien dem Mädchen, das ich war, die einzige Rettung für unsere Familie. Ich dachte, wenn sie tot wären, würden wir glücklich sein und ihre Sorgen hätten ein Ende. Wer sind meine Eltern gewesen, bevor sie meine Eltern wurden? Ich habe mir die Frage zu spät gestellt.

Etwas stimmte mit ihnen nicht. Sie waren nicht einverstanden mit ihrem Leben. Da war diese Unruhe im Haus. Unglück in den Augen meiner Mutter. Zorn in der Stimme meines Vaters. Ihr Mund. Sein Blick. In mir ein diffuses Schuldgefühl. Etwas schien nicht zusammenzugehen. Ich spürte das. Sie quälten sich. Aber ich wusste nicht, womit. Ich sehe mich, wie ich als Fünfjährige hinter seinem Wagen herlaufe, um ihn zurückzuholen. Ich sehe mich als Zehnjährige an seinem Bett. Ich denke, er hat einen Herzinfarkt und schwebt in Lebensgefahr. Ich höre unten im Garten die Verwandten meiner Mutter tuscheln. Nachts blieb mein Vater manchmal weg. Ich hörte ihr Schluchzen, wenn ich die Tür zu meinem Zimmer einen spaltbreit öffnete. Aber es war mir verboten, nachts in das Zimmer meiner Eltern zu gehen. Einmal, mit zweieinhalb oder drei Jahren, hatte ich es gewagt. Plötzlich und für mehrere Nächte lang hatte ich Angst vor der Dunkelheit gehabt. Die Stille und das gebrochene Licht, in die ich sonst gerne phantasierte, bedrohten mich. Meine Mutter schickte mich zurück. Als ich wieder in meinem Zimmer war, begann ich zu weinen, verwirrt über die Einsamkeit und unverständig, warum ich nicht zu ihr durfte. Mein Schmerz muss laut gewesen sein. So laut, dass er wie ein Alarmsignal hallte. Wenige Minuten später kam mein Vater ins Zimmer. Außer sich vor Wut prügelte er auf mich ein.

Es gab einen merkwürdigen Aufenthalt in Bad Reichenhall. Das muss im Sommer 1963 gewesen sein. Ich war Ostern in die Schule gekommen. Wir reisten, obwohl gar keine Ferien waren. Nach unserer Ankunft in dem Kurort verdüsterte sich die Stimmung meiner Eltern noch mehr. Sie sprachen kaum miteinander. Ich erinnere mich an das Rauschen, das überall hindrang, selbst in die tiefsten Winkel des Hotels, als würde der Ort pausenlos von Heuschrecken überflogen. Es kam von den Salinen her, den Reisigwänden, über die das Wasser fiel. Die ganze Stadt war bestimmt von diesem Grundgeräusch, ein eigentümlicher Rhythmus, der nach ein paar Stunden den eigenen Atem zu bestimmen schien. Auch in den Nächten fiel das Wasser weiter die Salinen hinab. Oft lag ich wach, fragte mich, warum unsere Familie so unglücklich war und horchte diesem Rauschen.

Meine Mutter erklärte mir, mein Vater sei schwer krank, wir müssten Rücksicht auf ihn nehmen und sehr nett zu ihm sein. Was er hatte, sagte sie nicht. Ich vermutete, es sei etwas mit dem Herzen, weil er sich oft an diese Stelle griff. Jahrzehnte später, als ich meine Mutter nach dem Sommer fragte, erzählte sie mir, mein Vater hätte damals eine andere Frau gehabt und der Aufenthalt in Reichenhall hätte dazu dienen sollen, die Affäre zu beenden.

Sie wurde bitter. Er war unberechenbar. Je schlimmer es wurde, desto mehr wünschte ich ihren Tod. Ich hatte Visionen von Wäldern, Blumen, Wiesen, einem See, auf den die Sonne fiel. Ich stellte mir vor, sie gut begraben an einem ruhigen Ort zu wissen, unter einem schönen Stein, mit Efeu überwuchert. Als ich etwas älter wurde, dachte ich an einen irischen oder jüdischen Friedhof. Deutsche Gräber bedürfen der ständigen Pflege, wenn es nicht heißen soll, man vernachlässige sie. Schnittblumen, blank polierter Stein, geharkte Erde. Das wollte ich nicht. Und dann das Fest zu Ehren der umherirrenden Seelen, im November, wenn ganze Scharen von Menschen ausströmen über die Gräberfelder, als gelte es, die Schafe für den Winter zurück in die Verschläge zu treiben. Ich wusste, dass meine Mutter diese Tage eigentlich auch nicht mochte. Aber sie wehrte sich nie. Sie tat, was von ihr erwartet wurde. Die Meinung anderer ist bis heute das bestimmende Prinzip ihres Lebens. Mein

Vater blieb immer öfter weg. Sie durchwühlte sein Auto, seine Schubladen, seine Manteltaschen. Oft genug fand sie etwas, ein Schmuckstück oder einen Brief.

Wir waren, wie mir schien, ganz anders als andere Familien. Ich war ein Einzelkind und viel allein, nicht nur, wenn meine Eltern auf Reisen gingen. Sie blieben lange fort. Ich wurde starr, wenn sie packten, die Koffer aus dem Haus trugen und zum Abschied winkten. Innerlich versteinerte ich, wenn ich ihre Gesichter langsam in der Unschärfe verschwinden sah. Danach versank ich in meinen Phantasien. Wenn ich glaubte, es nicht mehr aushalten zu können, verschwand ich in einem anderen Leben. Ich stellte mir vor, wir fingen noch einmal von vorne an. Seit Viktor in Afghanistan ist, denke ich wieder daran. Wie damals in meiner Kindheit fühle ich mich verloren. Ob das an der Trennung liegt?

In dem Herbst vor meinem Umzug nach Berlin fühlte ich mich auch verloren. Meine Ehe war gescheitert. In diesen luftleeren Raum platzte eine Nachricht. Ich sehe die Szene vor mir, so wie man nur Szenen erinnert, in denen etwas Besonderes geschah. In Zeitlupe, jede einzelne Geste scheint abrufbereit. Man hört eine innere Uhr schlagen. Eine bestimmte Melodie wiederholt sich dazu, wie ein Refrain. Ich hatte eingekauft. Ich stellte das Fahrrad am Laternenpfahl ab und ging ins Haus. Die Wohnungstür klemmte. Drinnen klingelte das Telephon. Als ich abnahm, war die Leitung tot. Ich ging wieder hinaus und sah nach der Post. Der Kasten war voll, als hätte ich drei Tage nicht nachgeschaut. Nachdem ich die Post sortiert hatte, blieb ein Brief übrig. Es war ein feiner Umschlag, handgeschrieben von einer unbekannten Schrift. Abgestempelt in Paris. Kein Absender, aber versiegelt, mit rotem Lack. Ich öffnete ihn und las oben ein französisches Wort. Der Rest war in Deutsch, wie in einem synchronisierten Film, damit das Publikum weiß, dass es sich in Frankreich fühlen muss, aber trotzdem versteht.

Madame,

Ich gehe davon aus, dass der Name, den Sie führen, nicht Ihr ursprünglicher Name ist. Unter dieser Voraussetzung informiere ich Sie davon, dass Ihr Vater, M. Alphonse Steiner, am kommenden Freitag, dem 14. Dezember, in Paris beigesetzt wird. 8 Uhr 30, Passy. Danach wird es einen Empfang in dem Trauerhaus geben. Ich dachte, das würde Sie interessieren.
B.

Keine weitere Unterschrift. Kein Name. Keine Adresse. Einen B Punkt kannte ich nicht. Was war das für ein Brief? War das ein Witz? Nicht einmal meine Heirat hatte zu einem Namenswechsel geführt. Mein Vater heißt nicht Steiner. Er heißt Bongartz, wie ich. Er hat nie in Paris gewohnt. Er ist ein alter Mann, der mit seiner – ich weiß nicht wievielten – Frau in einem Heim in der Nähe der holländischen Grenze lebt. Residenz nennt man so etwas heute, als wären die Alten eine Population von Königen, die im Knubbel regierten. Er ist nicht mehr gesund. Er hat kein Geld mehr. Ich habe ihn seit Jahren nicht gesehen. Aber vor drei Tagen erst zeugte seine so brüchig gewordene Stimme davon, dass er noch am Leben ist. Er sprach auf Band, um mir zu sagen, dass er Abschied nehmen will. Es ginge mit ihm zu Ende. Seine Stimme hörte sich so spröde an, als könnte er jeden Moment zerbrechen. Ich ahnte, dass das nicht stimmte. Er tat das nicht zum ersten Mal. Seit Jahren ruft er immer wieder an und sagt, dass er bald sterben wird. Trotzdem meldete ich mich mit zitterndem Puls bei der Rezeption. Ich fragte, wie es ihm ginge. Gut, sagte man mir. Er sei nicht mehr so beweglich wie früher und hätte sehr viel abgenommen, aber er sei Hahn im Korb bei den Damen. Alle würden über seine Scherze lachen. Wollte ich ihn sprechen? Er säße gerade unten im Café. Ob sie ihn holen sollten.

Zu der Zeit, als ich den Brief erhielt, war er noch quicklebendig und seine Stimme fest. Ich weiß nicht, wie es zu der Veränderung in seiner Stimme kam. Aber das will gar nichts heißen. Ich habe sogar vergessen, wann und wie genau es zu der Veränderung in unserem Verhältnis gekommen ist.

Ich fragte mich, für wen der Brief wohl gedacht sein mochte und wie mein Name und meine Adresse darauf gelandet waren. Ob er ein Irrläufer war? Oder hatte er doch etwas mit mir zu tun? Ich kannte Passy. Ich hatte einmal in Paris studiert. Und danach hatte ich in Passy einige Szenen für einen Film gedreht, auch auf dem Friedhof. Über die Unterdrückung der Künstlerin durch die Männerwelt. Das Mausoleum der Malerin Marie Bashkirtseff befindet sich ganz oben auf dem Grabhügel, ein Ort für feministische Pilger, Exilrussen und Leute, die düstere Geschichten lieben. Was meinen Film anbelangt, so konnte ich das alles gut gebrauchen. Marie Bashkirtseff, die früh an Tuberkulose verstorbene russische Malerin, erfüllte vollendet die Tragödie einer von Männern und der konventionellen Welt betrogenen heimatlosen Künstlerin. Ihr Ansehen wurde perfide hintertrieben. Erst der Tod verlieh ihr eine Art morbiden Ruhm. Ihre Gruft ist pompöser als ihre Wohnung es gewesen sein dürfte, von ihrem Atelier ganz zu schweigen. Ich suhlte mich in der Phantasie, wie sehr sie unter der Verleumdung gelitten haben musste. Für all das steht ihr Mausoleum in Passy. Ein ehrwürdiger Friedhof, 16. Arrondissement, sehr feine Gegend. Die meisten Gräber sind alt, Familiengrabstätten, in denen mehrere Generationen von Toten liegen. Noble Gesellschaft unterschiedlicher Konfession. Auch Juden. Monsieur Steiner hätte sich keine geschmackvollere letzte Adresse aussuchen können. Das gefiel mir. Noblesse hat mir immer gefallen. Noblesse und Dynastien. Große, mächtige Familien mit langer Geschichte, die nicht zu übersehen ist. Es schien eine Art Verheißung darin zu liegen. Die Erlösung von etwas, unter dem meine Mutter litt und von dem sie nicht sagen konnte, was es war.

»Was glaubst du eigentlich, wo du herkommst? Du meinst wohl, dass du etwas Besonderes bist«, sagte sie, wenn ich wieder etwas entdeckt hatte, das auf ihr

Selbstbewusstsein einen Schatten warf. Das konnte alles sein. Die spontane Lust, Kartoffeln nur noch mit Schale zu essen. Das Tragen eines seidenen Halstuchs beim Klettern auf Bäume. Morgens auf nüchternen Magen eine ausgepresste Zitrone zu trinken. Der Ekel vor dauergewelltem Haar. Besonders unwiderstehlich fand ich Geheimsprache und codierte Namen. Ich war noch sehr klein, sehr jung und unerfahren, da fing ich schon mit solchen Schwärmereien an. Lange Zeit erlag ich dem Irrtum, es sei meine Rache für ihre Selbsterniedrigung. Ich konnte nicht ertragen, wenn sie sich knebelte und degradierte, aber irgendwie zog sie mich in ihr trauriges Spiel hinein. Wir waren Menschen zweiter Ordnung. Das konnte man daran erkennen, dass manche uns nicht grüßten. Viele übersahen uns. Sie machte mich jedes Mal darauf aufmerksam, wenn das geschah. Siehst du, da ist die Nachbarin von gegenüber. Ich habe sie gerade gegrüßt, aber sie sieht über mich hinweg. Sie tut so, als kenne sie uns nicht. Wir mussten vorliebnehmen mit dem, was andere übrig ließen. Bestimmte Restaurants durften wir nicht betreten, bestimmte Kleidung nicht tragen, nicht anspruchsvoll sein. Nicht auffallen mit dem, was wir taten und sagten. Nicht schmusen und uns nicht küssen. Gründe nannte sie nicht. Es war einfach so.

Nur ganz selten war es anders. Dann durchlief sie eine wunderbare Metamorphose. Einmal, erinnere ich mich, waren sie auf einem Ball eingeladen. Sie kam noch einmal an mein Bett, um mir gute Nacht zu sagen. Sie roch so gut, von einem geheimnisvollen

Nebel umgeben. Sie trug ein Kleid aus hellblauem Atlas, darüber ein Cape aus braunem Nerz und ihr Schmuck funkelte selbst in dem trüben Licht meiner Nachttischlampe. Sie war wunderschön. Wie sehr ich sie liebte. In dem Augenblick betete ich, sie möge von nun an immer so aussehen, immer so schön, geradezu majestätisch und selbstgewiss. Immer in meiner Nähe bleiben. Niemals mehr sagen, dass ich übertrieben in meinen Gefühlen sei. Mein Vater kam an die Tür. Er trug einen Frack. Er sagte, der Wagen sei da, sie müssten jetzt gehen. Sie strich die Decke glatt und als sie hinaus aus meinem Zimmer ging, sah ich, dass das Kleid eine Schleppe hatte.

Passy wäre ihr zu exquisit gewesen. Sie hätte den Eindruck gehabt, es stünde uns nicht zu. Nicht einmal der wundervolle Blick von dort auf die Stadt und schon gar nicht der Weg an die Niederungen der Seine, der klassisch, weitläufig und elegant anmutet. Als hätte man Jahrhunderte Zeit, nur um einen Giebel, eine Fassade, einen Brunnen zu bewundern. Die Bewegungen dort sind langsam, ohne Hektik, oft ohne Ziel. Müßiggang. Promenaden. Einmal in der Woche ist Straßenmarkt in der Nähe des Palais de Chaillot. Sie wäre von Unruhe, einer Art nervösem Schamgefühl ergriffen worden und hätte gesagt, wir müssten uns beeilen. Auf meinen Einwurf, dass das nicht unser Alltag, sondern nur eine Pariser Stadtbesichtigung sei, hätte sie keine Antwort gewusst. Wie sehr bedauerte ich als Kind, als Jugendliche, als junge Frau, ihr keine Freude machen zu können.

Alphonse Steiner. Ich folgte dem mysteriösen Ruf. Es sah so aus, als wollte ich für ein paar Tage meinem Alltag entkommen, mich ablenken lassen von dem Scheitern meiner Ehe. Auch jetzt würde ich mich gerne ablenken lassen von meinen grässlichen Phantasien. Deswegen sitze ich wohl jetzt hier und schreibe das Vergangene auf. Ich habe Angst um Viktor, jetzt, da er aus dem Flugzeug in Termes gestiegen und auf dem Weg nach Afghanistan ist. Noch ist er nicht in Gefahr. Das fängt erst in Kabul an. Und so richtig mittendrin ist er, wenn er in dem gepanzerten Wagen quer über die staubigen Straßen fährt. Rechts und links Sperrgebiet. Kunduz, Faisabat, Mazar. Über Tellerminen hinweg und unter Raketen her. Ich kenne das Gefühl, jemanden, den man liebt, in unsicherer Ferne zu wissen. Nicht nur von damals, als meine Eltern die Welt abgrasten. Vor drei Jahren noch erlebte ich es, als Viktor schon einmal in Kabul auf Posten war. Nächtelang habe ich gezittert, geheult und mich wie ein kleines Mädchen benommen, das sich nicht beherrschen kann. Notlandungen in Minenfeldern, Raketen, Selbstmordattentate. Scherze am Rand eines ISAF-Camps. Dieses Mal darf ich nicht daran denken. Es dauert fast ein Jahr, bevor er zurück sein wird. Am Ende dieses Jahres wollen wir heiraten. Wenn er dann noch am Leben ist. Ich darf nicht vergessen unsere Papiere zu besorgen. Beglaubigte Abschriften von allem Möglichen, die beweisen, dass man geboren und ordentlicher Bürger dieses Staates ist. Das erste Mal hatte es meine Mutter für mich gemacht. So etwas konnte sie immer gut. Ordnen und organisieren. Ich brauchte nur zu unterschreiben. Danach hat sie alles in ihrem Banksafe untergebracht. Sie nahm mir überhaupt gern alles ab, was in ihren Augen wichtig war, nicht nur Amtsgänge. Auch Kontoführung und Geldanlagen. Mit den Jahren hatte sie geradezu eine Hochform in diesen Dingen entwickelt. Und eine Liebe zu Schließfächern, Banksafes und Tresoren. Alles kam da rein. Schmuck, Familienunterlagen, Promotionsurkunden, Aktien und Kaufverträge. Seit einiger Zeit liegt die Verwaltung dieser gepanzerten Unterlagen bei mir.

Als ich nach Paris ging kurz nach meinem Abitur, noch vor der Scheidung meiner Eltern, hätte ich mir beinahe in Passy ein möbliertes Zimmer genommen. Aber dann war mir die Gegend zu weit entfernt von jedem täglichen und nächtlichen Treiben. Ich glaube, ich fürchtete mich vor der allzu großen Stille dort und dachte, ich könnte ins Abseits gelangen. Keine Bars, keine Studenten, dafür große Namen ohne Gesicht. Beim Einkaufen in den Lebensmittelläden traf man nur das Personal der Leute, die hier wohnten. Und kleine bissige Hunde, im Winter in Mänteln, im Sommer mit Schleifen im Haar, in den Schnauzen einen *Figaro*. Damals wusste ich über das 16. Arrondissement nicht mehr, als dass es das Viertel der Reichen und Berühmten war. Die Gärten der weißen Häuser sind umzäunt mit schwarz lackierten, schmiedeeisernen Gittern. Getrimmte Buchsbäume stehen vor den Eingangstüren, als schaute Le Nôtre täglich vorbei. Die Messingklingeln sind auf Hochglanz gewienert, obwohl die Türöffnung nur noch über Nummerncodes funktioniert. Im 19. Jahrhundert siedelten sich in Passy die vermögenden Leute an. Die Häuser und Stadtpalais stopfte man mit schwerwiegenden Kunstsammlungen voll. Jüdische Kaufleute und Bankiers versuchten hier, geräuschlos zu leben. Unterhalb des Friedhofs verläuft die Rue Greuze. Ende der dreißiger Jahre nisteten sich hier ganze Horden von Nazis und Kollaborateuren ein und plünderten, was aus diesen Besitztümern herauszuholen war. Hier also sollte Alphonse Steiner beerdigt werden.

Es ist eigentümlich, dass mir jetzt diese Geschichte wieder vor Augen steht. All das ist fünf Jahre her, und ich denke nicht gerne daran. Ich habe mehrmals versucht, sie aufzuschreiben, aber es ist nie geglückt. Immer wieder schienen sich die Trassen zu vernebeln. Es wäre ein Triumph, die ganze Geschichte klar zu überblicken, aber ich fürchte, dass Klarheit der Geschichte selbst entgegensteht. Manchmal habe ich das Gefühl, das ist der Grund, warum ich immer wieder in unklare Situationen gerate oder mich überhaupt darin einrichten kann. Wie in dem Schwebezustand, in dem Viktor mich lässt. Diplomat. Was ich mir darunter vorgestellt habe, als wir uns kennenlernten! Riesige Rasenflächen. Grashalme, von Bediensteten in weißen Baumwolljacken mit der Nagelschere auf eine Höhe gebracht. Damen in großblumigen Chiffonkleidern, ein Champagnerglas in der Hand. Französische, türkische, englische Wortpartikel treffen in der wärmedurchfluteten Luft aufeinander und springen wie Pingpongbälle ab. Ein Sonnenuntergang, leuchtend entzündet er das Dach eines klassizistischen Portikus. Und die Wirklichkeit? Ein Militärcamp, irgendwo westlich des Hindukusch. Der Boden ist aufgeschüttet mit dickem Kies, um die dort nistenden Erdhörnchen zu vertreiben. – Zeitbomben in Fell: sie transportieren Fliegenlarven. Wenn eine solche Fliege schlüpft und sticht, schwellen dem Opfer die Mundschleimhäute an, der Hals wird dick und man möchte sterben, bevor es wirklich soweit ist. Botschaftergattinnen sind an diesem Platz genauso fehl wie Rasenflächen, Chiffonkleider und Champagner. Selbst auf die Sonne könnte man verzichten. Man lebt dort in Containern, die kaum größer als Gefängniszellen sind. Die Soldaten zu zweien, Viktor und der General allein. Im Sommer richtet die Sonne in diesen Blechkisten Temperaturen von bis zu 70 Grad Celsius an. Drinnen riecht es nach Männerschweiß, echauffiertem Begehren und abgestandenem Bier. Der Geruch ist umzingelt von hungernden Afghanen, einige von ihnen noch Kinder, die wie Geier in vager, unsichtbarer Nähe warten. Sie haben Zeit. Ohnehin ist die ihre eine andere als die der Europäer. Irgendwann kommt die Gelegenheit, den Missionierenden ein paar Handgranaten um die Eier zu ballern. Das sind einfache Botschaften, die jeder versteht, egal welcher ISAF-Truppe er angehört: Ihr dürft euch um die Erdhörnchen kümmern, um die Schulprojekte vielleicht auch. Aber nicht um den Mohnanbau und unseren Glauben. Viktor versicherte mir, bevor er fuhr, dass das alles nicht gefährlich sei.

Alphonse Steiner. Ich bildete mir ein, den Namen schon einmal gehört zu haben. Wer wohl der anonyme Schreiber war? Und was er mit der Nachricht bezweckte? Der Thalys war fast leer. Bis Brüssel fuhr er wie ein ganz normaler Intercity. Zwei Stunden ging es durch Belgien. Zuerst durchfährt man schöne, saftig grüne Wiesen, dann kommen die alten, verwahrlosten Kohlegebiete mit den endlos scheinenden Förderbändern, längst stillgelegt. Man fährt durch gestrauchelte Landschaft und gescheiterte Industrie, bevor das europäische Zentrum in der Ferne erscheint. Als ich im Zug saß, überkam mich ein schlechtes Gewissen. Es hatte etwas von einem monotonen Kinderlied, einer Zeile, die einem nicht aus dem Kopf gehen will. Eine Art Schuldgefühl, obwohl ich mich nicht daran erinnern konnte, etwas verbrochen zu haben. Als Kind traf es mich oft. Es war nicht dramatisch, äußerte sich meist in Kleinigkeiten, etwa, dass mein Vater mich lieber mit blonden, langen Zöpfen gesehen hätte. Er hatte so ein Mädchen sonntags in der Kirche entdeckt. Seine Augen leuchteten, wenn er von ihr erzählte. Er schien begeistert zu sein, als hätte er genau das gefunden, wonach er schon lange suchte. Natürlich erwartete er nicht ernsthaft, dass Mami mir die Haare färbte. Aber mein Äußeres beschäftigte ihn in diesen Tagen noch mehr als sonst. Auch sie war enttäuscht. Auch ihr fehlte etwas. Sie hätte gern eine unkomplizierte Tochter gehabt. Sie hielt meine Phantasien für überspannt, geradezu aus der Art geschlagen. Sie las alles ab an meiner Stirn und sagte, ich träumte zu viel. Ich fühlte, dass sie unzufrieden waren. Oft ging ich allein aus dem Haus, den Feldweg hinunter zum Rhein und grübelte, wie ich die Spannung zu Hause auflösen könnte. Mir schien, wir hätten alles, um glücklich zu sein. Ich lief den Damm hinauf. Hunde tobten in den Wiesen. Dahinter konnte ich den Fluss breit und träge dahinfließen sehen. Wenn ich mich umblickte, sah ich vereinzelte Häuser in großen Gärten stehen, von dichtbewachsenen Zäunen oder Mauern umgeben, nicht einsam, aber jedes doch für sich. Nicht die Gegend, wo Unglück ausgebrütet wird. Nirgendwo sichtbare Not. Im Rücken hörte ich Schiffsmotoren, ab und zu Vogelgeschrei. Manchmal spielte der Wind im dünnen Blattwerk der Pappeln. Sonst nichts.

Als wir in Brüssel einfuhren, sah ich einen Menschenpulk vom Bahnsteig durch die Türen drängen. Der Zug füllte sich. Die Leute, die einstiegen, sahen anders aus als die Leute, die in Köln zugestiegen waren. Geschäftsleute. Gut gekleidete Frauen und Männer, die französisch sprachen. Die meisten von ihnen hatten Knöpfe im Ohr und hingen ununterbrochen mobil in einer geschäftlichen Verbindung. Graue und dunkelblaue Anzüge, graue und dunkelblaue Kostüme, weiße und blauweißgestreifte Hemden, Blusen. Es waren vernünftige Menschen mit vernünftigen Zielen. Was hatte ich getan? Bewegt von einer schwachsinnigen Phantasie war ich aufgrund eines Irrläufers in einen Zug gestiegen. Hatte ich tatsächlich vorgehabt, auf eine fremde Beerdigung zu gehen? Wir rollten aus dem Bahnhof. Mein Blick klammerte sich an den Häusern fest, als könnten meine Augen den Zug aufhalten. In dem Augenblick, in dem wir Brüssels Innenstadt verließen, drehte die Geschwindigkeit hoch. Es machte keinen Sinn mehr, aus dem Fenster zu sehen.

Eine knappe Stunde später hielt der Zug in der Gare de L'Est, die Schnauze in der Halle, die hinteren Wagen unter freiem Himmel. An mir vorbei drängelten Menschen. Sie hatten es eilig. Man konnte es an ihren Schritten, an ihrem Tempo, an ihrer klaren Richtung erkennen. Alle zogen ihr Gepäck hinter sich her. Nicht wegzudenken von Flughäfen und Bahnhöfen, dieses uniformierte Rollkommando, als wäre eine homogen ausgerichtete Brigade unterwegs. Der schleifende Krach schluckte die Ansagen aus den Lautsprechern. Ich suchte nach jemandem, der sich aus dem Strom heraushob, niemanden bestimmtes, nur einen ästhetischen Anhaltspunkt, eine Art Hoffnungsschimmer oder tänzerische Bewegung. Ich fand niemanden, keinen Herrn, der auf leisen Sohlen seinen Koffer trug, keine Dame, die verharrte, um nach einem Träger Ausschau zu halten. Niemand wurde abgeholt. Diese Zeiten schienen vorbei zu sein. Ich sah keine glücklich wiedervereinten Paare, kein Kind, das den langen Bahnsteig entlang freudig kreischend in die Arme seiner Mutter rannte, nicht einmal einen Hund mit wedelndem Schwanz. Ich war in Paris und stand inmitten der Langeweile einer Garnison. Vielleicht die Tageszeit. Der Schwarm rollte in den Hallenschlund. Ich verharrte immer noch mit meinem kleinen Gepäck unter freiem Himmel.

Ich war häufig in Paris angekommen, regelmäßig über Jahre, als ich hier lebte. Damals erschien mir die Stadt höchst anregend und lebendig. Mein Einzugsritual begann am Ende der Autobahn. Ich fuhr von der Périphérique durch die Porte Maillot, die Avenue de la Grande Armée hinauf, zweimal um den Arc de Triomphe, des puren Vergnügens wegen. Kurz dahinter parkte ich auf den Champs Élysées, meistens quer, weil es keinen Platz zum Parken gab, rannte in den Drugstore, kaufte eine Zahnbürste, Haarwaschmittel und ein *Pariscope*, rannte zurück und glitt mit dem Auto durch den trägen Verkehr der Grands Boulevards in Richtung Concorde. Von dort bog ich in die Rue Royale, an der Madeleine vorbei in die Rue Tronchet. Später, als ich nicht mehr hier lebte, fuhr ich nach St. Germain oder ins Marais, um mir ein Hotel zu suchen.

Es war halb zwölf, der Himmel verhangen, der Bahnsteig jetzt fast leer. Eine ältere Dame kam auf mich zu, auch sie hinter sich ein Rollgepäck, und fragte mich, ob sie mir helfen könne. Suchte ich jemanden, der nicht gekommen sei? Sollte sie mich zur Information begleiten?

»Nein, vielen Dank, Madame«, sagte ich. »Ich habe mich nur ein bisschen ausgeruht, nur ein bisschen Atem geschöpft.«

Sie nickte. Sie sagte, sie hätte gedacht, dass ich vielleicht zum ersten Mal in Paris sei, oder doch zum ersten Mal auf diesem Bahnhof. Ob ich vielleicht aus dem Süden käme, *du Midi*, ihr Mann käme daher, aus Aix. Er hätte eine Schwester gehabt, der ich verblüffend ähnlich sähe. Sie wäre leider schon tot. Das lange, kräftige dunkle Haar. Die Brauen. Vor allem aber diese großen Augen. Und ein ganz bestimmter Blick. Das zeichne die Leute aus dem Süden aus. Sie lächelte mich an. Ich nickte freundlich und dachte, was für eine Phantasie, ich aus dem französischen Süden, wo wir doch an der Gare de L'Est standen und hier nur die Züge aus dem traurigen Osten ankommen, belgische Kohlereviere, rheinischer Matsch, Aachener Printen. Aber ich wusste, was sie meinte. In Deutschland sagte man mir öfter, ich sähe *französisch* aus, *irgendwie der Typ*. Aber in Frankreich fragte man mich immer, ob ich aus dem Süden käme, aus Marseille oder der Provence.

»Das ist ein nettes Kompliment«, sagte ich und erklärte, dass ich Deutsche wäre.

»Aus Deutschland?«

Sie war sichtlich erschüttert. Oder angeekelt? Sicher dachte sie an die Besatzung.

»Sie machen absolut nicht den Eindruck einer Deutschen.«

Ihr Tonfall klang entschieden, fast trotzig. Ich sollte ihr keine dummen Geschichten erzählen, schien das zu heißen. Sie sah doch, was vor ihr stand. Wir gingen langsam in Richtung Halle. Immer wieder schüttelte sie den Kopf und murmelte, das könne sie nicht glauben, ausgerechnet Deutschland. Wie um sie in ihrer Verwirrung zu trösten, sagte ich, mein Vater wäre Franzose gewesen. Sie blieb wieder stehen, erleichtert offenbar, eine plausible Erklärung gefunden zu haben. Er wäre doch bestimmt aus dem Süden gewesen. Ich verneinte. Er hätte in Paris gelebt. Morgen würde er in Passy beerdigt. Sie sah mich unter ihrem kleinen blauen Hut traurig an. Wünschte mir herzliches Beileid. Es sei schwer, wenn man Eltern verlieren würde, das kenne sie, freilich sei es bei ihr schon lange her, sehr lange. Aber es wäre eben eine leere Stelle da, die sich niemals schließen würde. Ganz anders als bei einem Ehepartner. Ihr Mann sei auch schon tot, aber er sei immer noch bei ihr. Die Eltern seien weg. Das Komische sei, dass man mit den Eltern nicht nur dic Personen verlieren würde. Alles änderte sich. Dass man plötzlich keine Tochter mehr sei. Vorher sei sie, egal wie alt, immer noch eine Tochter gewesen. Obwohl sie doch längst erwachsen gewesen wäre, eigene Kinder gehabt hätte, die auch wieder eigene Kinder gehabt hätten. Wenn Eltern weg sind, fühle man sich ungeschützt, erklärte sie mir, als sei man nun selbst die Person, die Familie und Tradition zu verteidigen hätte. Und näher am Tod. Niemand mehr, der vor einem ist, nur noch die Nachkommen. Mir sackten fast die Beine weg. Dabei hatte ich gar keinen Grund. Meine Eltern lebten noch. Denjenigen, der da morgen in Passy beerdigt wurde, kannte ich überhaupt nicht. Und meine Scheidung hatte ich selbst gewollt. Aber ich heulte. Natürlich dachte sie, die Tränen hätten mit dem Tod meines Vaters und seiner Beerdigung zu tun. Sie reichte mir ein Taschentuch.

»Armes Balg«, sagte sie leise.

Diese beiden Worte machten alles nur noch schlimmer. Ich genoss sie, als hätte die alte Dame mich in ihren Armen gewiegt. Ich wünschte, sie hätte sie wiederholt. Immer wieder. Wir gingen weiter in Richtung Ausgang. In der Halle fragte sie mich, ob ich wüsste, wo ich hinmüsste. Und dann verabschiedeten wir uns. Sie war schon ein paar Schritte fort. Ich sah sie gerade die Straße überqueren und den Eingang zur Métro hinuntersteigen, da fühlte ich ihr Taschentuch in meiner Hand. Ich lief ihr nach und fand sie am Bahnsteig der Linie 4 nach Montparnasse. Der Zug fuhr gerade ein, als ich rief »Madame, Madame, votre –« und dann fehlte mir wie in einem bösen Traum die Vokabel für Taschentuch. Sie stieg ein, sah mich am Steig, wie ich winkte, und winkte zurück. Der Zug fuhr an, ich sah ihm nach, bis er in dem dunklen Schacht verschwunden war. Dann blickte ich auf das Taschentuch. Mouchoir, sagte ich halblaut zu mir selbst. In eine Ecke waren Initialen gestickt. H.d.M. Was mochte das heißen? Hélène de Montgabin vielleicht? Oder Héloise? War sie eine Baroness? Aus einer großen, ehrwürdigen Familie? Es waren die Buchstaben von Henry de Montherlant. Aber natürlich hatte der kein weißes Spitzentaschentuch gehabt. Ich ging zurück in den Bahnhof und kaufte ein Carnet. Während die Kassiererin mein Wechselgeld abzählte, sah ich mein Gesicht im Spiegel hinter ihr. Für einen Augenblick hörte ich noch einmal die Stimme von Héloise oder Hélène oder Hortense. *Vous etes du midi? Allemande? Ce n'est pas possible!* Sie hatte recht. Ich sah niemandem in der Familie ähnlich. *Pauvre gosse*. Früher einmal hatte meine Mutter behauptet, dass ich das Ebenbild ihrer Nichte Anke sei. Das war ein Fehler gewesen, an dem sie lange verdaute.

Es war ein später Nachmittag, das Licht fiel schon schräg in das Schlafzimmer meiner Eltern und färbte den Teppich rosiggelb. Ich mochte diese satten Farben, sie fütterten meine Phantasie. Aber an diesem Tag war ich mit anderem beschäftigt und achtete nicht weiter darauf. Unser Nachbarsjunge und ich machten vor dem Spiegel im Ankleidezimmer meiner Mutter Faxen. Das Spiel hieß HuHu (ich vermute heute, es handelte sich um eine Verballhornung von *Who is Who*, aber keiner von uns Kindern wusste je, was es zu bedeuten hatte), und wir versuchten, wie unsere Verwandten auszusehen. Zwischendurch kam meine Mutter herein, die im Nebenzimmer aufräumte, und schüttelte über die bizarren Grimassen den Kopf.

»Ihr treibt es zu doll. Das Gesicht bleibt stehen, und dann seht ihr wie die Monster aus.«

»Aber ich sehe gerade wie mein Großvater aus«, versicherte Bernd mit verstellter Stimme. Er hatte sich die Zeigefinger in die Nasenlöcher gestopft und mit den kleinen Fingern einer jeden Hand die Mundwinkel auseinandergezogen. Tatsächlich sah er aus wie ein Gott aus Sri Lanka, aber das wusste ich damals noch nicht. Plötzlich hielt ich in meinen Bemühungen inne.

»Ich sehe wie gar niemand aus«, sagte ich mutlos. Ich hatte die Lust an dem Spiel verloren und konnte nicht sagen, woher der Stimmungswechsel gekommen war. »Nein, ich sehe euch allen nicht ähnlich«, wiederholte ich. Meine Mutter kam aus dem Nebenzimmer und sah mich vor dem Spiegel stehen, mit hängenden Schultern, Bernd neben mir, jetzt die Daumen in den Ohren, die Finger gespreizt, die Zunge weit herausgestreckt. In fast ersticktem Ton behauptete er, nun das Ebenbild seiner Tante Hertha zu sein.

»Anke und du, ihr habt sehr viel Ähnlichkeit«, sagte meine Mutter. Es klang nicht überzeugend. Aber sie legte noch einmal nach. »Du kommst ganz auf sie. Das ist oft bei Paten und ihren Mündeln so.«

Anke? Wenn meine Eltern über sie sprachen, nahmen ihre Stimmen einen mitleidigen Tonfall an. Anke mit den Flusenhaaren, der spitzen Nase und der rosig fleckigen Haut. Mein Vater machte sich bisweilen über sie lustig. Er nannte sie trotz ihrer fünfundzwanzig Jahre eine mittelgewichtige Matrone. Sie litt an Gallensteinen, Schlafsucht und an ihrer Mutter. Im Alter von sechzehn oder siebzehn hatte sie die Schule hingeworfen und eine Lehre gemacht. Es wurde nie bekannt, ob aus Desinteresse an höherer Bildung oder echter Verzweiflung. Ihre Mutter, eine energische, beruflich sehr erfolgreiche Frau, hackte ständig auf ihr herum. Soweit ich mich erinnere, verteidigte meine Tante ihre Tochter nur, wenn meine Mutter sie kritisierte. Meine Tante fand ihre Schwester nämlich noch dümmer als das Kind. Zur Zeit der Äußerung, wir hätten sehr viel Ähnlichkeit, suchte Anke einen Ehemann. Sie galt in den Augen meiner

Mutter als wenig aussichtsreiche Kandidatin. Letztlich wundert sie sich heute noch, dass ihre Nichte kurze Zeit später das machte, was in diesen Kreisen eine gute Partie genannt wird. Bissig nannte sie es eine Landpartie, was Anke aus der deutschen Großstadt in ein Schweizer Bauernkaff mit derben Sitten versetzte. Dort schwankte sie in den folgenden Jahren zwischen vier kurz hintereinander geborenen Kindern, Tränen und Tapferkeit. Immerhin widerstand sie ihrem Schwiegervater, der ihr beizubringen versuchte, das Gemüse selbst anzubauen. Und ihr, dieser lebensuntüchtigen, hellhaarigen und fleckhäutigen Hysterikerin sollte ich ähnlich sehen?

»Ich habe ganz andere Haare, andere Augen, eine andere Nase. Du hast doch neulich noch gesagt, Anke sei verschlafen, unsportlich und empfindlich. Und viel zu dick.«

»Ganz so habe ich es auch wieder nicht gemeint.«

»Wie denn dann?« Ich sah sie erwartungsvoll an.

Sie reagierte nicht. Bernd hatte seine Faxen aufgegeben und war zum faszinierten Zeugen eines töchterlich-mütterlichen Disputs geworden. Wer würde gewinnen? Wer hatte recht? Auf wen verfielen bereits jetzt die meisten Punkte? Plötzlich kam mir eine phantastische Idee.

»Stell dir mal vor, ich wäre gar nicht euer Kind. Ich wurde im Krankenhaus vertauscht. Das wäre doch möglich.«

Sie reagierte immer noch nicht. Sie war verstummt. Ich sah in den Spiegel, von ihr zu mir zu ihr. Hinter mir stand Bernd wie angewurzelt. Stille. Als würde keiner von uns zu atmen wagen. Sie war erstarrt, einen roten Pullover, den sie hatte falten wollen, in der Hand. Bernd daneben. Ganz er selbst, kein verwandtes Gesicht überschattete das des achtjährigen Jungen. Es war, als hätte ich mich an der Dornröschenspindel gestochen und ein hundertjähriger Schlaf überfiele das ganze Land. Ein kleines, achtjähriges Biest vor seiner sprachlosen Mutter. Was für eine Brut. Dann hatte ich das Warten satt. Ich lief nach unten, hinaus in den Garten, Bernd mir nach. Ich hatte schon viele Vermutungen gehabt, alle vollgestopft mit dreister Phantasie. Verdacht um Verdacht. Dieser allerdings war neu. Er war plötzlich gekommen. Er passte zur Situation. Ich fand ihn ebenso abenteuerlich wie plausibel. Er quälte mich nicht im mindesten, flammte auf, amüsierte mich und regte mich an. Für Sekunden führte er in eine andere Welt, weiter und schillernder als unsere eigene, die mir so eng, seltsam belastet und traurig erschien. Andere Eltern! Das Abenteuer Ähnlichkeit. Noch einmal schürte ich das Gedankenfeuer. Es loderte hell. Und verlöschte. Bernd und ich liefen zum Rhein. Stromern gehen nannten wir das. Eigentlich war es verboten.

Mir vorzustellen, inmitten von Lavendelplantagen und Rosenfeldern aufgewachsen zu sein, stimmte mich fröhlich. Ich war nur zweimal, als Kind und als Jugendliche, mit meinen Eltern an der Côte d'Azur gewesen. In Monaco, St. Tropez, Nizza, außerhalb der Saison. Nie in der Provence, nie in Marseille. Ich kannte nur die Küste. *Le vrai midi* kannte ich nicht. Ich steckte das Taschentuch ein. Langsam kehrte die Vertrautheit mit der Stadt, den Gerüchen, den Wegen, dem Tempo zurück. Über dem Ausgang der U-Bahn am Boulevard St. Germain schien der dunkelgraue Pariser Himmel noch tiefer zu hängen. Es war nicht richtig kalt, aber ein bisschen ungemütlich. Auf dem dicken Kopfsteinpflaster vor der Kirche lagen die letzten matschigen Blätter der Platanen. Die Terrasse des Deux Magots war eingeschlagen in ein Zelt, darunter standen Heizbomben, wie überall auf französischen Terrassen. Darunter saßen Touristen, die unbedingt im Winter auf einer Terrasse sitzen wollten. Die schönen Innenräume des Cafés waren fast leer. Ich ging vorbei, ein Stück den Boulevard entlang in Richtung Rue St. Benoît, vorbei am Café de Flore, an der Buchhandlung La Hune. Es schien, als ob sich nur wenig verändert hätte seit meinem letzten Besuch. Die Uniformierung der Menschen, die ich auf dem Bahnhof gesehen hatte, löste sich auf. Ein buntes Durcheinander kam mir entgegen, nicht nur Touristen, auch Menschen, die hier zu Hause waren. Sie gingen schneller, zielgerichteter als die Besucher, trugen offizielle Kleidung, Kostüme, Krawatten, hochhackige Schuhe, Einkaufstüten oder ein Baguette unterm Arm, einen Blumenstrauß, ein Handy am Ohr. Niemand achtete auf mich, bis ein salopp gekleidetes Paar mich aus meiner verträumten Beobachtung riss. Beide waren um die siebzig, sahen aber wie Kinder aus, in bunten Sachen, jeder einen Rucksack über der Schulter, an dem lauter kleine

Stofftiere baumelten. Er trug eine Baseballkappe, durch deren Loch schüttere graue Flusen zausten, sie eine rosa Schleife in ihren blonden Locken. Als die Frau mich ansprach, war sie unsicher und scheu.
»Pardon, Madame, excuse me, do you speak English? Do you know where the Luxembourg-Garden is?«
Einen Augenblick lang dachte ich, ich hätte die Frau schon einmal gesehen. Ihre Unsicherheit, diese Scheu, fast schamhaft hatte sie gefragt. Ich zeigte dem Paar den Weg rechts den Boulevard St. Michel hinauf und dann nach Süden.

»Merci, Madame«, sagte die Frau. Es klang wie *mercy madam*, als bäte sie mich um Gnade. Dabei trat sie in ihren silbernen Joggingschuhen geschwind von einem Fuß auf den anderen, als müsste sie aufs Klo. Die Tiere an ihrem Rucksack gerieten ins Schaukeln. Einen Moment dachte ich an das Spitzentaschentuch der kleinen Baroness. Hélène de Martin, oder wie immer sie heißen mochte, würde wohl niemals, nicht einmal in Trouville oder St. Marie sur Mer so herumlaufen. Ich nickte und ging weiter. Irgendwie kam die Frau mir bekannt vor. Das unsichere Flackern in ihren Augen, von dem auch die blonden Locken mit der Schleife nicht ablenken konnten, die Bemühung um ein paar Worte Französisch. Ich fühlte nach dem Taschentuch. Plötzlich wusste ich, an wen die amerikanische Frau mich erinnert hatte. Ihre Scheu, die mangelhafte Sprache … An jenem Abend in Paris hatte Josef mir leidgetan. Es war mir unangenehm gewesen, ihn so hilflos zu sehen, als färbe seine Scham auf mich ab.

Ich hatte Josef im Reitstall kennengelernt. Irgendwann zog er bei mir ein. In meiner Wohnung steht immer noch die Chaiselongue von Corbusier, deren Polster er durchgescheuert hat, weil er nachts gern darauf schlief. Er mied das Bett, lag auf der Liege, starrte in den Ätherraum diverser Fernsehprogramme und lutschte Bonbons dazu. Ich hatte die Scheidung seiner ersten Ehe provoziert, nach vierzehn Jahren Trennung. Nervös, kopflos, panisch hatte ich ihn zu klaren Verhältnissen getrieben. Meine Bemühungen schienen nicht nur mir pedantisch und spießig. Es war keine Frage der Moral, es war keine Frage von irgendetwas. Es war eine Obsession. Als er geschieden war, stand unsere Hochzeit plötzlich vor der Tür. Es war November. Eine trübe Zeit. Das alles machte keinen Sinn. Die Einzige, die sich darüber zu freuen schien, war meine Mutter. Mein mulmiges Gefühl nahm überhand. Für kurze Zeit drohte es die ganze Hochzeit zu kippen. Ich hielt es für die übliche Panik, die Frauen, wie ich gehört hatte, oft vor der Trauung befällt. Wir saßen am Abend zuvor bei einer Freundin zusammen und sprachen vom morgigen Tag. Die anderen waren ausgelassener Stimmung und zogen mich auf, *unsere Braut, unsere Braut*, mokierten sie sich. Mir war so elend, als hätte ich ein Dutzend verdorbene Austern gegessen.

Nach der Feier in einem belgischen Landhaus ließen wir die Hochzeitsgesellschaft zurück und fuhren nach Paris. Ich chauffierte den Wagen. Josef saß neben mir, hinten im Fond mein alter Freund Maxim. Es gibt immer noch diese Hochzeitsbilder von ihm und mir.

Maxim im dunklen Anzug und Plastron, auch ich trug schwarz. Wir sahen aus wie das Brautpaar. Josef ist auf keinem Photo mit mir zusammen zu sehen. Auf der Höhe von Roissy fing es sanft an zu regnen. Als wir auf der Périphérique waren, goss es bereits. Wir brauchten eine geschlagene Stunde durch die Innenstadt. Die Straßen glitzerten von den Wassermassen, die Bürgersteige wie lackiert, darin die sich spiegelnden Lichter der Ampeln und Laternen. Als wir ausstiegen, war es warm wie im Frühling. Ich hatte ein kleines Hotel in Invalide reserviert, das mir empfohlen worden war. Aber als Maxim und ich die Koffer hinaufgewuchtet hatten und uns im Zimmer umschauten, sah ich, wie heruntergekommen und schäbig es war. In diesem Augenblick, den abgenutzten roten Plüsch und die angesengten Schirmchen der Nachttischlampen im Blick, meinte ich, einen Fehler begangen zu haben. Ich redete mir ein, es sei das Hotel.

»Nicht gerade nobel für die Hochzeitsnacht. Dein Mann hat wohl alles in seinem Laden verschraubt – oder ist er einfach geizig?«

Maxim verabschiedete sich, um zu einem Freund zu gehen. Josef war noch dabei, einen Parkplatz für das Auto zu suchen. Ich saß auf der Bettkante und wehrte mich gegen die plötzlich sich breitmachende Mutlosigkeit. Ich fragte mich, ob ich bewältigen würde, was vor mir läge, dabei wusste ich gar nicht, was außer unausgepackten Koffern vor mir lag. Ich versuchte nicht einmal, es herauszufinden, so verblüfft war ich, so erstaunt, dass es das war, was ich nach der Hochzeit fühlte. Sonst nichts. Ich sehnte mich danach, allein zu bleiben. Würde er doch ewig einen Parkplatz suchen. Die Bettkante kam mir vor wie der Grat eines Berges, dessen Gipfel nicht der Höhepunkt meiner Expedition sein würde, sondern nur der Ausblick auf den Abgrund der anderen Seite. Wieso verdrückte ich mich nicht, nahm ein Zimmer im Prince de Galle, haute mit einer Kreditkarte ein bisschen Geld auf den Kopf – eine Handtasche, zwei Seidentücher, drei Paar Schuhe, schließlich gäbe es meine Rettung zu feiern – und führe nach drei Tagen zurück? Eine Hochzeit, die sich kurzfristig als Irrtum erwiesen hatte, konnte man annullieren lassen. Ich blieb, wie angenagelt. Die verkohlte Seide und der zerschlissene Samt waren scheußlich. Das Scheußlichste an ihnen war, dass sie keine Einbildung waren. Maxim hatte sie auch bemerkt. Aber schon tröstete ich mich. Sie waren kein Dauerzustand. Wir würden nicht immer so wohnen. Sie gehörten zu der Ausstattung eines schlechten Hotels. Deswegen riskiert man doch keine Trennung. Als Josef endlich nach oben kam, schlief ich schon.

Am nächsten Morgen war das Zimmer noch hässlicher als im rosigen Schimmer des Abends zuvor. Es wirkte braun, mit Kränzen auf der gemusterten Tapete. Sie zeigten, dass ein Stockwerk über uns irgendwann einmal die Badewanne übergelaufen war. Josef schlief fest, die Decke bis an die Ohren gezogen. Ein summender Ton kam aus seiner Nase. Ich duschte, zog mich an und ging auf die Straße. Der Regen hatte aufgehört, am Himmel ein paar geballte Wolken, dazwischen helles Blau. Die Luft roch frisch, ein bisschen nach feuchtem Laub, eher Land als Stadt. Ein Geschäft mit afrikanischer Kunst war im Nebenhaus untergebracht, zwei Häuser weiter eine kleine Bäckerei, deren kunstvoll geformte Brote selbst in dem von kunstvollen Dingen verwöhnten Paris eine kleine Sensation darstellten. Die Räume waren hell erleuchtet. Verkäuferinnen sortierten die Ware in Holzregale. Drei Kunden kauften ein. Die nächste Tür gehörte zu einem Blumengeschäft, das ausschließlich Rosen führte, Rosen in allen Schattierungen, rosa, rot und creme, grüne Rosen und lila Rosen, groß wie Kohlköpfe und klein wie Kirschen, von Efeu, Buchsbaumgrün und Rhododendronblättern umgeben. Ich stand vor einer Landschaft von Watteau. Einen Moment lang verlor ich mich in diesem Terrarium, berauscht, an einem frühen Morgen im November genau an dieser Stelle zu stehen. Ich wandte mich ab, zufrieden, beglückt, meine Hände tief in den Manteltaschen vergraben, in der Nase den Geruch der frischen Brioches von nebenan. Da fiel mir ein, warum ich an diesem Morgen die Rue Varenne hinunterging. Ich hatte geheiratet. Gestern. Dieses war der Morgen nach meiner Hochzeitsnacht. Das Glücksgefühl erlosch. Mir war plötzlich, als liebte ich Josef nicht. Als sei nicht das Hotelzimmer der Fehler, sondern mein Gefühl. Warum hatte ich ihn geheiratet, wenn nicht aus Liebe? Ich liebte Josef nicht. Plötzlich, an diesem Morgen, wusste ich es. Ich schluckte herunter, was ich wusste, und betrat das Hotel.

Am Abend trafen wir uns mit Maxim und Stephen in einer Brasserie. Als Stephen mir den Mantel abnahm und Josef hilflos daneben stand, ahnte ich, dass der Graben an diesem Abend noch weiter klaffen würde. Stephen lebte zwar in Paris, aber er war Amerikaner. Wir sprachen in einem bunten Gemisch aus Englisch und Französisch. Josef verstand weder das eine noch das andere und schämte sich, als ich simultan zu übersetzen begann. Er wirkte apathisch und desinteressiert. Dann verselbständigte sich das Gespräch. Nach der Vorspeise, als Josef mich bat, ihm neue Zigaretten zu bestellen, merkte ich, dass er teilnahmslos die ganze Zeit nur geraucht hatte. Ich bat den Kellner, mit der Hauptspeise noch etwas zu warten, ging hinaus zum nächsten Tabac und holte Zigaretten für meinen Mann. Als ich zurückkam, konnte ich die drei von der Straße aus am Tisch sitzen sehen. Stephen gestikulierte. Er malte eine Silhouette in die Luft, Maxim brach in Gelächter aus. Josef hatte den Blick auf den Tisch gesenkt. Seine rechte Hand spielte abwechselnd mit der zusammengeknüllten Zigarettenschachtel und dem Feuerzeug.

Am Morgen fuhren wir nach Trouville. Josef war sichtlich erleichtert, Paris zu verlassen und meine Freunde los zu sein. Seine Stimmung klärte sich auf. Er schien wieder Mut zu fassen. Über die beiden Tage in Paris sprachen wir nicht. Ich freute mich auf das kleine Hotel in der Nähe des Strandes. Ich hatte es im Sommer zuvor entdeckt. Es war hübsch, ohne vornehm zu sein, geschmackvoll eingerichtet und sehr komfortabel. Das Parterre bestand aus einem einzigen großen Raum, der Bar, Kaminzimmer und Foyer in einem darstellte. Zur Promenade hin war er verglast, sodass man die stürmische See betrachten konnte, während man gemütlich am Feuer saß. Josef war zufrieden mit meiner Wahl. Auch als wir auf dem Zimmer waren, hielt die gute Stimmung an. Keine abgetretenen Teppiche, keine kaputten Lampen, kein schäbiges Badezimmer. Wir waren gerettet. Beglückt über diese Erleichterung schlug ich vor, sofort zum Strand zu gehen. Der Rest des Tages ergab sich von selbst. Nach dem Spaziergang am geradezu vorbildlich tosenden Meer packten wir die Koffer aus, zogen uns um und wurden schon beim letzten Kleiderbügel überwältigt von Hunger. Ich wusste genau, wo ich essen wollte und was und genoss nach der Bestellung, dass es keine Sprachprobleme mehr gab. Josef kam lebhaft auf gemeinsame Bekannte zu sprechen und amüsierte sich über die angeblichen Reitkünste einiger Leute, die er aus seinem früheren Leben kannte. Nach dem Meeresfrüchte-Plateau, dem Nachtisch, dem Kaffee war ich so müde, dass der kurze Weg vom Restaurant zum Hotel mir wie ein Marsch vorkam. Ich schlief sofort ein.

Es war am nächsten Tag, dass er mir sagte, er wäre am Ende. Wir standen in einer Bar in Deauville und tranken einen Aperitif. Er konnte nicht erklären, was vor sich gegangen war. Er sagte einfach, er wäre pleite. Meine Fassungslosigkeit hielt ein Paar davon ab, das Bistro zu betreten. Der Mann hinter dem Tresen, vermutlich der Besitzer, stellte ein zweites Bier vor Josef hin. Sein Mitleid konnte man riechen. Was für eine Ziege, dachte er. Kriegt den Hals nicht voll, die Alte.

Ist im November auf Urlaub und kriegt den Hals nicht voll. Die Tür öffnete sich wieder, eine Dame mit Pudel kam herein, setzte sich und bestellte einen Kir. Der Hund legte sich ihr zu Füßen. Ich hätte mich gern zu ihr gesetzt.

»Ich habe seit Monaten keine Briefe mehr geöffnet«, sagte Josef leise. »Seit drei Jahren habe ich keine Steuererklärung mehr gemacht.«

Was war das für eine Geschichte? Die kleine weißhaarige Dame bestellte einen zweiten Kir. Der Mann hinter dem Tresen brachte ihr das rosafarbene Zeug und stellte unaufgefordert ein drittes Bier vor Josef hin. Josef tippte auf seine leere Zigarettenschachtel. Der Typ nickte. Er hatte verstanden. Auch ohne dass der Mann, der Josef die geöffnete Zigarettenpackung reichte, Deutsch verstand, wusste er, worum es ging.

»Der Gerichtsvollzieher war da.«

»Wo?«

»Bei mir im Geschäft. Ich weiß nicht mehr weiter.«

Ich trank meinen Aperitif in einem Zug aus. Vorstellungen, was ich machen könnte, was ich machen sollte, tanzten durch meinen Kopf. Am Strand spazierengehen. Mich ins Meer stürzen. Ihn in die Arme nehmen. In Ohnmacht fallen. Auf die Knie. Ihn schlagen. Ihn anschreien. Ihn küssen. Nein. Nie wieder. Ich ekelte mich vor ihm. Er hatte mir etwas vorgemacht. Nie wieder würde ich ihm vertrauen können. Das Bistro war inzwischen voll. Wir standen eingehüllt in eine Wolke aus Zigarettenqualm, Küchendunst und trocknenden Kleidern. Draußen hatte ein heftiger Schauer die Passanten bis auf die Haut durchnässt. Ohne dass wir es merkten, waren wir von der Bühne abgetreten.

»Warum hast du es mir nicht vor der Hochzeit gesagt? Warum erst jetzt?«, fragte ich leise.

Er sah zu Boden. Dann steckte er sich eine neue Zigarette an.

»Ich weiß, es war nicht richtig.«

»Ich ertrage es nicht, wenn man mich hintergeht. Ich weiß auch nicht, warum, aber ich kann so was nicht vergessen«, sagte ich, als mir die Tränen kamen. »Ich weiß nicht, was jetzt aus uns werden soll.«

»Also so schlimm ist es ja wohl auch nicht. Ich habe ja keinen Mord begangen.«

Andere verlangten ihre Biere, ihre Apéros, manche ein Essen, Salade Niçoise oder Steak Frites. Vielleicht war es das Kleid einer Frau. Farben machen manchmal so etwas mit mir. Sie trat durch die Menschenmenge an den Tresen. Ich sah sie an. Sie wirkte anmutig und selbstvergessen, zart, die Hälfte aus Wasser bestehend, die andere Hälfte aus dem Wunsch, ihren Weg zu gehen. Ich sah die Frau und sagte Josef, ich brächte das Chaos für ihn in Ordnung. Ich verabscheute ihn zwar in diesem Augenblick, aber vielleicht würde ich das Gefühl ja doch überwinden. Mir war nicht klar, wie tief mein Hass gegen Heimlichkeiten saß, wie sehr ich das Verbergen von Wahrheiten übel nahm. Und ich erinnerte mich nicht daran, weder in jenem Augenblick noch später, warum.

Wir blieben noch eine Woche in Trouville, schrieben Dankesbriefe an die Leute, die uns zu unserer Hochzeit beglückwünscht hatten, gingen am Meer spazieren, tranken Aperitifs. Ich bezahlte die Essen, die Drinks, die Ausflüge und zum Schluss das Hotel. Auf der Heimfahrt überkam mich Verzweiflung. Wir waren abends – ein letztes Hochzeitsgeschenk – mit Freunden zu einem Konzert verabredet. Ich trug eines meiner Hochzeitskleider, aus schwarzem Samt. Als wir in der Pause im Foyer der Tonhalle darauf warteten, dass Klaus uns den Champagner bringen würde, fürchtete ich, mich in Tränen aufzulösen. Vor mir lag Schreibtischarbeit, Josefs vernachlässigte Akten, Korrespondenzen, Konten, die unter niederdrückendem Saldo verschwanden. An diesem Abend brach ich mit dem Ritual, nach Veranstaltungen mit Freunden noch zu einem späten Essen zu gehen. Ich kroch ins Bett und wünschte mir, allein zu sein. Wenige Tage danach schloss ich mich mit Josefs Alptraum ein. Ich wühlte mich durch Berge ungeöffneter Briefe, Mahnungen, Scheidungsunterlagen, Finanzakten, Kontoauszüge. Ich rief Versicherungsmakler, Autohändler, Krankenkassensekretärinnen an, bat um Rückstellungen und Finanzierungspläne. Mit Verbissenheit und selbstverachtendem Engagement durchforstete ich einen fremden Sumpf und sah kaum auf, wenn Josef abends – woher auch immer – nach Hause kam. Die ganze Zeit dachte ich nicht nach. Als die Arbeit erledigt war, reichte ich die Scheidung ein.

Weit vor der angemessenen Zeit wachte ich auf, aus vertrauten Träumen. Zuerst wusste ich nicht, wo ich war. Es dauerte ein paar Atemzüge, bis die Wirklichkeit in meinen Kopf sickerte, die geblümte Tapete des Hotelzimmers, der Geruch frisch gestärkter Bettwäsche, der leicht überhitzte Raum. Als ich endlich angekommen war, begann sich ein Film abzuspulen, Bildfolgen seit dem Erhalt des anonymen Briefes, chronologisch von der Gegenwart hinein bis ins tiefste Vergessen. Längst vergangene Szenen tauchten nacheinander wieder auf, bis mir der wahre Grund meiner Reise vor Augen stand.

Am Tag meiner Ankunft, das war gestern gewesen, hatte ich einen Spaziergang zur Madeleine gemacht, gleich nachdem ich das Zimmer im Hotel Angleterre genommen hatte. Ich aß zu Mittag bei Ladurée. Das Café war vollgestopft, wie immer um diese Zeit. Man stellt sich in der Schlange an und wartet, bis die Frauen, die hier bedienen, einen Platz anweisen. Sie sehen wie altmodische Saaltöchter aus, mit schwarzen, langen Röcken und weißen Spitzenschürzen, keusch und sauber, wie Frauen ohne Unterleib. Danach ging ich in die Rue Tronchet. Das letzte Mal, als ich No. 18 betrat, stand unten im Foyer noch mein Name auf dem Register. Dieses Mal nicht mehr. Das Haus war endlich renoviert worden, und es war zu hoffen, dass die stinkenden kleinen Chambres de Bonne ebenfalls renoviert worden waren. Als ich vor mehr als zwanzig Jahren in einem solchen Dachloch wohnte, gab es weder private Toiletten noch Heizung. Dennoch war es jetzt nicht die Kläglichkeit dieser Dienstmädchenzimmer, die mich mit einem gewissen Schauder an die Zeit denken ließ. Einige Wochen, nachdem ich in die Dachkammer eingezogen war, besuchte mich meine Mutter. Sie war verändert. Nie von großem Selbstbewusstsein außerhalb unserer vier Wände, hatte sie dennoch zu Hause unmissverständlich bestimmte Anforderungen gestellt. Sie war kritisch darauf bedacht, dass jeder tat, was er sollte. Diese Überzeugung, dass etwas so und nicht anders zu sein hatte, fehlte ihr auf einmal. Abends, als wir uns auszogen, um schlafen zu gehen, sah ich großflächige Blutergüsse an ihren Oberschenkeln. Sie behauptete, die Treppe hinuntergefallen zu sein.

»Ich glaube dir nicht.«

Statt einer Erwiderung sah sie zu Boden, als schämte sie sich. Nervös begann sie, das Notbett zu richten.

»Wer war das? Warum lässt du dir das gefallen?«

Sie legte das Kopfkissen auf die Luftmatratze, die schon mit einem Laken bespannt war, und machte sich daran, die Decke in den Überzug zu stecken.

»Erzähl mir, wie es dazu kam.«

»Ich bin die Treppe hinuntergefallen. Ich weiß nicht mehr, wie es dazu kam. Vielleicht war ich betrunken.«

»Seit wann trinkst du?«

»Wie kommst du denn darauf? Ich trinke nicht.«

»So kommen wir nicht weiter. Bitte sag mir, wie das passiert ist.«

»Ich weiß nicht mehr, wie das passiert ist. Ich fiel einfach. Ich habe das Bewusstsein verloren.«

Am nächsten Tag, als wir von Einkäufen zurück nach Hause kamen, lag ein unangenehmer Geruch im oberen Treppenhaus.

»Es riecht nach armen Leuten hier«, sagte sie.

Ich erzählte ihr, dass neben mir in einem anderen Dienstbotenzimmer eine alte Frau leben würde, allein. Sie sei sehr arm und blind. Die Hausmeisterin würde nach ihr sehen, ihr auch das Essen bringen. Oft kämen schlechte Gerüche unter ihrer Tür hervor, aufgewärmter Kohl, verbrauchte Luft, eine Mischung aus Essensdünsten, menschlichem Körper und Dreck. Die Betreuung durch die Concierge reichte nicht aus. Niemand machte sauber. Die Frau war misstrauisch, sicher, weil sie nichts sehen konnte. Es dauerte ein bisschen, bis ich den Schlüssel hervorgekramt hatte. Als endlich aufgeschlossen war und ich meiner Mutter den Vortritt lassen wollte, sah ich sie immer noch gebannt auf die Nachbarstür starren.

»Was ist?«

»So werde ich auch einmal enden. Genau so. Arm, vernachlässigt und blind.«

»Du bist nicht arm. Du hast nie in deinem Leben in so einem Zimmer gehaust, nicht einmal im Krieg. Du hast von deinen Eltern geerbt. Gerade hast du dir eine Wohnung mit Rheinblick gekauft. Du trägst teure Klamotten, Schmuck.«

»Dein Vater wird mich zugrunde richten. Ich werde so enden wie sie. Ich weiß es. Ich bin nichts.«

In meinen Ohren klang ihre Stimme nach, während ich unten in der Halle stand und durch die schneckenartige Rundung des Treppengestühls nach oben sah. Ich hatte den ganzen Abend hindurch versucht, sie zu beruhigen. Ich hatte sie immer glücklich sehen wollen. Schon als Kind war ich besorgt gewesen, dass es ganz offenbar unmöglich war. Ich hätte sie gerne beschützt. Eine junge Frau kam die Treppe hinunter und fragte, ob ich jemanden suchte. Ich verneinte, ich hätte nur an die Chambres de Bonne in der sechsten Etage gedacht. In einem davon hätte ich einmal gewohnt. Die seien, sagte sie, zu einer superschicken Dachwohnung zusammengelegt worden, als das Haus renoviert worden sei. Vor ein paar Jahren. Ich bedankte mich und ging hinaus auf die Straße, zurück in Richtung Madeleine. Boulevard des Capucines Ecke Rue Royale betrat ich ein elegantes Geschäft, um mich von meiner Erinnerung abzulenken. Es ist nicht ganz so gekommen, wie sie es befürchtet hat, sagte ich laut zu mir selbst. Sie ist nicht arm. Sie ist nicht allein. Die Familie kümmert sich um sie. Sie gehen spazieren mit ihr. Führen sie zum Essen aus. Immerhin hat sie nach meinem Vater noch einen Lebensgefährten gehabt, mit dem sie glücklich war. Sie hat frohe Jahre gehabt. All das hat sie nicht vorausgesehen. Nein, sie endet nicht wie diese Frau in der Chambre de Bonne neben mir. Nur dass sie kaum noch sehen kann. Sie ist fast blind. Jeden Tag sieht sie ein bisschen weniger. Sie hat eine Augenkrankheit, gegen die es kein Mittel gibt.

Ich verbrachte den Rest des Tages damit, durch verschiedene Straßen zu bummeln und ein paar Dinge einzukaufen. Allein in der Buchhandlung La Hune stöberte ich zwei Stunden. Ich aß in der Brasserie Flo, wie an dem Abend, als Josef sich von Maxim und Stephen an die Wand drücken ließ und ich die Zigaretten holen ging. Danach nahm ich ein Bad und ging mit einem Buch ins Bett.

Als ich erwachte, war es noch dunkel und still. Für das Frühstück viel zu früh, selbst für eine Zeitung. Ich zog mich an und ging nach unten. Ich weckte den Nachtportier auf, als ich durchs Foyer zum Ausgang lief. Auf dem Boulevard St. Germain keine Bewegung, kein Laut, an der Kreuzung kein Ampelfeuer. Nirgendwo in den oberen Etagen eines Hauses Licht. Die Vitrinen der Geschäfte waren mit Rollladen verrammelt, hinter denen die Auslagen nicht einmal zu erahnen waren. Als wäre diese bunte Welt der Waren einfach verschwunden, aufgelöst. Kahle Bäume. Leergefegte Straßen. Leichter Wind wehte, von Sprühnebel durchzogen. Dazwischen wie gelbe Tropfen das Gaslicht der Laternen. Ich ging auf den Platz zu. Eine Tür knallte. Es war die hohe, schwere Kirchentür von St. Germain, die von einer Gestalt in schwarzem Ornat geöffnet und sofort wieder geschlossen wurde. Eine Nonne? Jetzt? Was war das für eine Geschichte? Ich merkte, wie meine Phantasie abdriftete. Unablässig kreiste eine Frage durch meinen Kopf, seit ich aus dem Bett gekrochen war. Wahrscheinlich hatte sie mich geweckt. Ich fragte mich, ob ich wirklich zu dieser Beerdigung gehen sollte. Warum? Um mir zu beweisen, dass ich den Mut hatte, etwas zu tun, was meine Mutter als unverschämt bezeichnet hätte? Wie kannst du nur! Wir gehören da nicht hin. Oder weil ich nun mal diese Reise angetreten hatte? Eine kleine Weile noch starrte ich auf die Tür, hinter der die Nonne verschwunden war. Dann ging ich hin. Ein mit Kerzen erleuchteter Kirchenraum, in dem ich alleine bin, wäre jetzt schön. Das Portal war verschlossen.

Vielleicht war da ja auch nichts. Vielleicht war es ein trompe-l'oeil, ein Trick des Unbewussten, mich aus einer fatalen Situation zu ziehen. Auf dem Rückweg ins Hotel öffnete der Zeitungsstand vor La Hune. Ich kaufte einen *Figaro* und eine *Vogue*. Im Hotel bestellte ich das Frühstück aufs Zimmer, bevor ich unter die Dusche ging. Es war immer noch Zeit, eine Entscheidung zu treffen und sich den verwirrenden Saltos der eigenen Gefühle zu entziehen. Statt für die Beerdigung könnte ich mich auch fürs Shopping entscheiden, Schuhe kaufen, einen neuen Wintermantel, den ich dringend brauchte, zum Lunch noch einmal zu Ladurée und danach in eines der Hunderten von Museen dieser Stadt.

Um viertel nach acht lief ich den Hügel des Trocadéro hinauf. Das Friedhofstor war weit geöffnet, das Pförtnerhäuschen unbesetzt. Unter dem grauen Himmel wirkten die steinernen Grabstellen noch nackter, dazwischen Wege mit Kies. Rechts hinauf ging es zur Gruft der Bashkirtseff. Man hatte tatsächlich einen kleinen Holzpfeil angebracht, um das Grab für Touristen zu markieren. Ein schwarz gekleidetes Paar überholte mich. Die Dame trug einen knielangen, mit Fuchs besetzten Mantel, dünne Seidenstrümpfe, hochhackige Schuhe und einen Hut, unter dem blonde Haarspitzen zu sehen waren. Ihr Begleiter hatte seinen Arm unter ihren geschoben und führte sie leicht. Ich unterdrückte ein bisschen Neid. Sie gingen einfach geradeaus, zielstrebig. Ganz offensichtlich kannten sie die Richtung. Ein einzelner

Herr – auch er überholte mich von hinten – folgte ihnen. Er rief ihnen mit angemessen leiser Stimme etwas zu, aber so eindringlich, dass die Vorläufer stehen blieben. Sie begrüßten sich mit drei flüchtigen Küssen auf die Wangen und gingen gemeinsam weiter. Mir sank der Mut. Ich wusste, dass ich nicht dazugehörte. Das Gefühl war mir so vertraut. Meine arme Mutter. Auch sie gehörte nicht dazu. Warum nur? Wozu gehörte sie denn eigentlich nicht? Immer mehr Leute gingen vorbei. Ich war die Einzige, die immer noch kurz hinter dem Pförtnerhäuschen stand. Es war vollkommen egal, ob ich vierzehn, vierundzwanzig oder vierundvierzig war, es blieb ein seltsames Stigma. Ich war gebannt von einem Geschehen, an das ich mich nicht erinnern konnte. Wahrscheinlich hatte ich es gar nicht selbst erlebt. Es war nur – wie nennt man das wohl – die Aura dessen, was meiner Mutter einmal widerfahren war. Eine Traurigkeit, ein Ausgeschlossensein, das sie nie überwinden konnte. Die Erfahrung hat sie bitter und übervorsichtig gemacht. Dieser blinde Fleck in ihrem Leben hat dazu geführt, dass sie mich gängelte, unauffällig und demütig zu sein, als hätte ihre eigene Scham für ihr angebliches Vergehen nicht ausgereicht. Ich trat auf der Stelle, bewegte mit der Schuhspitze die Schottersteinchen vor mir, schaute den Leuten, die nun durchs Friedhofstor strömten, entgegen. In dem Augenblick, als ich mich entschloss, nicht auf die Beerdigung zu gehen, einfach zurück in die Stadt und die Angelegenheit für beendet erklären wollte, hob sich ein einzelner Mann von der Menschentraube ab.

Er war offensichtlich ohne Begleitung, ungefähr in meinem Alter, dunkelhaarig mit graumelierten Schläfen. Er lächelte mich an, nickte und sagte leise, als er an mir vorbeiging, Bonjour Madame. Ich nickte auch und änderte meine Meinung. Drehte mich um und mischte mich unter die Menge, die auf die Kuppe des Hügels zulief, wahrscheinlich der Aussegnungshalle oder Kapelle entgegen. Es wäre mir gar nicht unlieb gewesen, wenn ich mich an diesen Mann hätte halten können. Wieder diese besondere Art der Verlorenheit. Mein Verstand wusste, wie unsinnig der Gedanke war. Der freundlich und diskret lächelnde Mann war längst irgendwo vorne in der Halle verschwunden, hatte wahrscheinlich seinen Platz gefunden oder wusste ohnehin, wohin er gehörte. Am Eingang stand eine Dame in schwarzem Kostüm, Hut und Schleier. Sehr elegant in ihrer Trauer. Sehr souverän. So hatte ich mir immer meine Mutter gewünscht. Souverän, nicht eingezwängt von verklappten Gefühlen, deren Säure sie an ihre engsten Mitmenschen weitergab. Die Dame begrüßte die Gäste stumm nickend und drückte jedem, auch mir, eine kleine Karte mit einer Adresse in die Hand. Sie schien traurig, in sich gekehrt, aber gefasst. Wie machte sie das, dass ihr nicht die Tränen hinunterliefen? Dass sie nicht geschüttelt wurde von einem Krampf? Ich fragte mich, ob sie seine Frau war. Der Schleier zeigte wenig von ihrem Gesicht. Sie mochte um die sechzig oder etwas älter sein. Der Raum war dicht mit Menschen gefüllt, alle Reihen besetzt, die Leute, die jetzt noch kamen, mussten im Fond rechts und links vom Gang stehen bleiben. Alle waren schwarz gekleidet, nicht grau, nicht dunkelblau, nicht wahllos bunt, wie es mir vor ein paar Wochen bei der Beerdigung einer Tante aufgefallen war. Vorne in der Mitte war der Sarg aufgebahrt. Offen. Mein Herz pochte spürbar, wie ich meinte so laut, dass ich fürchtete, die Nebenstehenden könnten es hören – und ich wäre entlarvt. Da, seht, das ist seine heimliche Tochter! Einige Trauergäste gingen nach vorn, um Abschied zu nehmen.

»C'est bien que vous soyez venue. Alors, ne voulez-vous pas vous approcher du cerceuil pour faire vos adieux?«

Ich fuhr erschrocken herum. Ich war sicher, jemand, eine Männerstimme, hätte mich von hinten leise, doch in deutlich aufforderndem Ton angesprochen. Aber ich sah nur gesenkte Köpfe. Die der Damen schwarz behütet. Niemand bewegte sich. Kein Luftzug. Nur Andacht. Hatte ich mir eingebildet, jemand spräche zu mir? Hatte ich es mir vielleicht gewünscht? Es wäre nicht das erste Mal gewesen, dass ich in einer Angelegenheit die Nerven und die Orientierung verlöre. Nun stand ich hier und starrte von fern auf den offenen Sarg eines Unbekannten. Das Gesicht konnte ich aus der Distanz nicht erkennen. Aber ich wagte auch nicht, nach vorne zu gehen. Wovor fürchtete ich mich? In Tränen auszubrechen? Umzukippen? Mich nicht beherrschen zu können wegen eines Fremden? War das Hysterie? Das Abschiednehmen verebbte. Sie schlossen den Sarg. Während die Zeremonie begann, tröstete ich mich damit, dass ich der wirklichen Geschichte auf diese Art sowieso nicht beikommen konnte und dass das auch gar nicht der Grund meines Herkommens war. Ich hatte nicht wissen wollen, wie der Tote aussah. Und der ehemals Lebende war für eine Fremde kaum wiederzufinden. Das Gesicht eines Toten sagt vielleicht genau das Falsche über ihn aus, ein geschminktes, stimmloses Gesicht ohne Mimik, ohne Blick. Selbst wenn ich ihn gesehen hätte, hätte ich nicht entscheiden können, was hinter der Geschichte mit dem Irrläufer steckte. Und wozu sollte ich das brauchen? Ich wollte die Sache doch nicht weiterverfolgen.

Die Zeremonie war zu Ende, der Sarg wurde von sechs Uniformierten hinausgetragen, die Reihen leerten sich von vorne nach hinten. Alle folgten dem Sarg über den Friedhof. Ich lief dem Pulk einfach hinterher. Es waren bestimmt achtzig Leute, wenn nicht mehr, die langsam und stumm in dieselbe Richtung gingen. Alphonse Steiner schien ein beliebter Mann gewesen zu sein. Ein Herr der Gesellschaft, aber keine Berühmtheit, dafür wieder waren es zu wenige. Ich suchte nach dem Mann, der mir zugelächelt hatte. Aber er war in der Menge verschwunden. Ich sah zum Himmel. Geballte Wolken. An einer Stelle sah es so aus, als kämpfte Himmelsblau und dahinter ein Sonnenstrahl. Die Trauergesellschaft hielt an und ich sah durch die nicht ganz geschlossene Menschenmenge, dass der Sarg vor einem dieser typisch französischen Familiengräber abgesetzt wurde. Der Art nach war es 19. Jahrhundert, sah aus wie der pompöse Eingang zu einem noch pompöseren Haus, das man dann doch nicht gebaut hatte. Die schmiedeeiserne Flügeltür stand offen. Mehr war nicht zu sehen, nicht ob die Sargträger den Sarg hinunterließen, nicht wer ganz vorne stand, nicht was die engsten Angehörigen taten. Davor stand die Menge. Auch den Namen in dem kleinen Giebel der Gruft konnte ich auf die Distanz hin nicht lesen. Es dauerte ein paar Minuten, dann setzten die Leute sich langsam wieder in Bewegung. Die Kondolenz begann. Auch ich ging weiter. Ich spürte meine Arme und Beine nicht mehr. Das war natürlich Unsinn, aber die Beklommenheit war so stark, dass ich kaum zu atmen wagte. Die Ersten kamen zurück und gingen in Richtung Friedhofsausgang. Paare hakten sich unter. Einen Moment dachte ich daran, nicht zu kondolieren. Aber ich wollte auf den Empfang, dorthin, wo meine Mutter niemals hingegangen wäre. Tapfer sein, trotz schlechten Gewissens. Also blieb ich in der Reihe.

»Sie sind nicht zufällig Madame de Vermeil?«

»Nein«, antwortete ich der Dame neben mir, leider kennte ich eine Person dieses Namens nicht einmal. Sie lächelte mich ein bisschen schüchtern an, entschuldigte sich und meinte, ich sähe dieser Dame aber sehr ähnlich. Wahrscheinlich kommt die auch aus dem Süden, dachte ich, und versuchte mich mit diesem Spott zu trösten. Vermeil. Ein Name, der mir nichts sagte. Ein Name, den ich mir merken sollte?

Ich wagte einen Vorstoß. »Pardon, Madame, haben Sie seine Tochter gesehen?«

Dieses Mal hatte ich Pech. Sie kannte nicht nur Alphonse Steiners Tochter nicht, sondern seine ganze Familie war ihr unbekannt. Sie sagte, sie sei *son client* gewesen. Wir verstummten. Seine Kundin. Hatte er ein Geschäft? Oder seine Klientin? Eine Praxis? War er Anwalt oder Arzt? Wie blöd ich war, ich hätte ihn wenigstens googeln können. Alphonse Steiner + Paris. Vielleicht wäre eine Firma dabei herausgekommen. Ich konnte es immer noch tun, wenn ich wieder zu Hause war. Wir bewegten uns stetig vorwärts. Keine von uns wagte mehr, etwas zu sagen, bis wir an der Reihe waren. Der Sarg stand zur Hälfte in dem kleinen, spitzgiebeligen Eingang der Gruft, zu seiner Seite die Dame, die uns am Eingang der Halle begrüßt hatte, zwei Herren neben ihr mit zwei jüngeren Frauen, fünf Kinder, wie die Orgelpfeifen, mit gleichen Mützen. Schwarze Baskenmützen. Alle hatten die Köpfe gesenkt. Ein Mädchen nestelte an seinem Mantelknopf. Wenn es so weiter fummelte, war der bald ab. Einer der Jungen wollte in der Nase bohren. Eine Frauenhand führte seinen Finger nach unten zurück. Einer der Männer hatte Mühe, sich zu beherrschen. Sein Körper zuckte. Die Frau neben ihm wirkte erstarrt. Ich sah, wie die Leute vor mir kondolierten. Angedeutete Wangenküsse. Verbeugungen. Gehauchte Handküsse. Einfaches Nicken. Manche blieben nur den Bruchteil einer Minute stehen, taten gar nichts, gingen weiter. Ich entschied mich für das Nicken. Ich ging langsam, als müsste ich ganz bewusst der Gefahr ins Auge sehen, an der aufgereihten Familie vorbei, nickte, sagte lautlos undeutliche Worte und als ich die Reihe abgeschritten hatte, stolperte ich und fiel. Mochte sich der Boden auftun und ich darin verschwinden. Ich wollte vergehen vor Peinlichkeit. Alle Augen glotzten auf mich. Zumindest meinte ich das. Ein Mann kam herbei, und während er mir aufhalf, spürte ich, dass meine Strümpfe gerissen waren. Gott sei Dank trug ich einen langen Rock. Der Mann fragte, ob ich mir wehgetan hätte. Ich schüttelte leicht den Kopf und verneinte. Eine Frau, offenbar seine Partnerin, stand nun auch neben mir, sagte ein paar besorgte Worte, in denen vorkam, dass eben das Seltsamste passiert, wenn ein Mensch so unerwartet stirbt, als würde mit ihm auch die Kraft alle Angehörigen verlassen. Ausgerechnet Alphonse, sagte sie. Niemand hätte doch damit gerechnet, so ein vitaler Mann. Kein Wunder, dass man einfach hinfiele. Sie sagte das ganz ruhig, völlig in die Lage ergeben, als bestätigte sie die Rechtmäßigkeit meines idiotischen Falls. Dann fragte sie mich, ob ich auch zum Empfang ginge. Ich fühlte die Karte in meiner Manteltasche und nickte.

»Sind Sie mit dem Auto hier?«

Ich zog die Karte hervor, um zu sehen, wo ich hinmusste. Die Adresse war im 8. Arrondissement, Monçeau, Rue de Valois.

»Nein, Madame, ich bin nicht aus Paris. Ich nehme die Métro.« Als ob das etwas miteinander zu tun gehabt hätte. »Aber ich kenne das Quartier.«

Sie stellte sich vor. Steiner hieß sie nicht. Und der, der mir aufgeholfen hatte, war ihr Mann. Sie erklärte mir einen Sachverhalt, der ein bisschen kompliziert klang und den ich nicht ganz verstand. Sie sei als Vertretung auf der Beerdigung, für ihre Großtante Ariane, die krank sei und eine sehr enge Freundin von Alphonse. Wenn ich wollte, könnte ich gern mit ihnen fahren, sie wären in ihrem Wagen allein, sofern nicht noch jemand mit ihnen fahren wollte. Ob ich noch jemanden wüsste, der eine Mitfahrgelegenheit bräuchte.

»Kommen Sie aus dem Midi?«

»Warum?«

»Das sieht man, finde ich. Was meinst du, Alain? Sie sieht aus, als käme sie aus dem Midi.«

Ihr Mann sah mich an. Zuckte mit den Achseln. Die Analyse seiner Frau interessierte ihn offenbar wenig oder er teilte das Ergebnis ihres Scharfsinns nicht. Auch ich stellte mich vor.

»Ich bin Deutsche«, ergänzte ich, und erntete einen erstaunten Blick.

»Ach ja? Das sieht man nicht«, sagte sie trocken.

Sie fragte nicht weiter nach, nicht, wie ich zu Alphonse Steiner stand, warum ich diesen Weg aus dem Ausland machte, nicht einmal, aus welcher Stadt ich war. Vielleicht interessierte sie sich nicht dafür, vielleicht mochte sie keine Deutschen, vielleicht tat es ihr leid, dass sie mich aufgefordert hatte, mit ihnen im Wagen zu fahren. Eine Boche auf dem Rücksitz, die sich als Südfranzösin aufgeputzt hatte, als würde man eine stinkende Ziege im Hermelin transportieren. Alain öffnete den hinteren Wagenschlag, und eine Zeit lang rangelten Yvette und ich darum, wer sich nach vorne setzen sollte. Jede wollte der anderen den Vortritt lassen, bis ich mich einfach nach hinten setzte. Alain gab Gas. Der Trocadéro ließ das zu, aber schon auf der Mitte der Avenue Kléber standen wir im Stau. Es ging nur noch schrittweise vorwärts.

»Er war genial«, sagte Alain, und einen Augenblick lang wusste ich nicht, was oder wen er meinte. Dann erklärte Yvette, dass ihr Mann Alphonse Steiner aus einem ganz anderen Zusammenhang gekannt hätte, gar nicht durch ihre Großtante. Er arbeitete in der Bank, die der Familie von Alphonse Steiner gehörte. Alphonse, der begnadete Banker, war für Alain ein Vorbild gewesen, und das nicht nur, weil er, wie ich ja wohl wüsste, das in den dreißiger Jahren verlorengegangene Familienvermögen samt Immobilien zurückerworben hatte. Sie alle, gewiss auch ich, hätten neben seinem Talent für finanzielle Transaktionen besonders seinen ungewöhnlichen Gemeinsinn bewundert. Allein die ganzen karitativen Einrichtungen, die er nach seiner Pensionierung ins Leben gerufen hatte. Einfach fabelhaft. Einen Augenblick ließ ich mich davon gefangen nehmen. Mein Vater also war ein fabelhafter Mann. Ein Vorbild. Jemand, den andere bewundert hatten. Der sich um das Wohl Schwächerer gekümmert hatte. Ich erwiderte nichts. Es fühlte sich großartig an, einen solchen Vater zu haben. Ich dachte an meinen im Altenheim, der mit seiner zweiten Frau sein Vermögen durchgebracht hatte. Das seiner Eltern auch. Der meiner Mutter während der Scheidungsverhandlungen keinen Pfennig Unterhalt gezahlt hatte. Der auf Anraten seiner neuen Frau den Zuschuss zu meinem Studium strich.

Die Trennung meiner Eltern hatte ich kaum ertragen können. Aber ich gab es nicht zu. Da ich kein Kind mehr war, ging alle Welt davon aus, dass es mir nichts ausmachen würde. Es war die Entscheidung zweier Menschen, ich hatte nichts damit zu tun. Es war anders. Der Schmerz zog mir den Boden unter den Füßen weg. Als das Haus hinter dem Deich, mein Kinderhaus in den Feldern, verkauft worden war, dachte ich, das ist mehr, als ich ertragen könnte. Ich zog nach Paris und stürzte mich auf die Mode, auf alles, was man anziehen konnte, auf alles, was zusammenhielt. Als gelänge es mir dadurch zusammenzuhalten, was gerade in Stücke ging. In den ersten Pariser Tagen wünschte ich mehr denn je, sie wären tot. Ich konnte die Tränen und die Verzweiflung meiner Mutter nicht ertragen, hilflos wie ich war. Ich wollte nicht, dass mein Vater die Familie in den Abgrund zog. Ich wollte nicht, dass er selbst verfiel. Ich schämte mich dafür, wie er sich meiner Mutter gegenüber benahm. Wie er sich lächerlich machte und sich in dieser neuen jungen Freundin vertat, von der er dachte, sie liebte ihn. Ich schämte mich dafür, dass er das Geld für sie zum Fenster hinauswarf und meiner Mutter keinen Unterhalt zahlte. Aber ich war schon achtzehn. Man meinte, ich bräuchte keine Familie mehr. Nichts von meinem Schmerz durfte nach außen dringen. Ich sah aus dem Auto, auf die Fassaden der Avenue Hoche, die desto pompöser wurden, je mehr wir uns dem Park näherten. Mir kamen Erinnerungen an die Zeit, als ich hier gelebt hatte. Monçeau, das ist nicht weit von der Rue

Tronchet entfernt. Vielleicht war ich ihm über den Weg gelaufen. Ich wagte nicht zu fragen, für welche Bank Alphonse Steiner verantwortlich gewesen war. Und ich stellte fest, dass ich mir gar keine Geschichte zurechtgelegt hatte, wer ich war und was ich tat und warum ich zu der Beerdigung gekommen war.

»Ich – ich habe ihn zu wenig gekannt«, sagte ich, und überlegte, ob diese Mischung aus Wahrheit und Lüge zulässig war. Ob überhaupt das, was ich tat, zulässig war. Ich hatte gar nicht ausreichend darüber nachgedacht, dass ich eine Familie in ihrer Trauer stören könnte, Angehörige, Freunde, ich als Fremdkörper. Ich hatte nur an mich gedacht, an meine Zerstreuung. Rücksichtslos und egoistisch. Als gäbe es nur meinen verdrehten Kummer auf der Welt. Alain parkte den Wagen in der Rue de Valois.

Wir betraten das Haus zu dritt. Eine Frau in schwarzem Kleid mit weißer Schürze hielt uns die Tür auf und nahm die Mäntel entgegen. Wir befanden uns in einer Art Foyer, von dem andere Räume abgingen und eine groß geschwungene Treppe sich in die Höhe wand. Kaum waren wir die Mäntel los, kam uns die Dame entgegen, die mir an der Tür der Zeremonienhalle die Visitenkarte übergeben hatte. Sie hieß uns willkommen in ihrem Haus. Ich hörte, wie Yvette erklärte, wer sie war. Sie richtete die Grüße ihrer Großtante aus und vergaß auch nicht, ihren Mann vorzustellen. Es schien gar nicht nötig zu sein. Madame Steiner richtete ein paar verbindliche Worte an Alain, die auf die Bank verwiesen und darauf, dass sie den Zusammenhang sehr genau kannte. Alle Zusammenhänge? Als die Reihe an mir war, sagte ich einfach meinen Namen, ohne Erklärung, und sie akzeptierte. Sie nickte wissend, ohne dass ich aus ihrer Mimik etwas lesen konnte. Für wen hielt sie mich? Fragte sie sich überhaupt, wer ich war? Woher? Welche Verbindung zwischen ihrem Mann und mir bestanden hatte? Oder tolerierte sie an diesem Trauertag alles, was da kam, als sei dieses Haus das Land, an welches jedes Treibholz aus dem Leben ihres Mannes gespült werden müsste? So war nun einmal das Ende eines Lebens. Madame Steiner reagierte jedenfalls nicht mit Verwunderung. Vermutlich verhielt sich die Sache so wie in Hotels: Je größer und luxuriöser das Etablissement, desto einfacher ist es, durchzugehen und das Klo zu benutzen. Vorausgesetzt, man sieht nicht wie der allerletzte Penner aus. Das Personal und die Gäste sind zu fein, jemanden, der nicht danach aussieht, als Eindringling zu entlarven. Ganz anders in den billigen Kategorien der touristischen Viertel: Die Toiletten sind abgeschlossen und an der Tür klebt ein Schild: man möge sich den Schlüssel bitte an der Theke holen. Also sehe ich zumindest so aus, als gehörte ich dazu, dachte ich bitter.

In der Mitte unter einem Lüster, der an einer langen, damastumwickelten Kette wie eine Spinne am Speichelfaden hing, stand ein runder Mahagonitisch mit einem gemischten Blumenbouquet von der Größe eines mittleren Gebüschs, mit buntem Flitter besprüht. Geschmacklos. Angewidert erinnerte ich mich, so ein Ding zu meinem vierzigsten Geburtstag

bekommen zu haben. Von meinem Vater. Seit Jahren versuchte er, auf allen möglichen Wegen wieder Kontakt zu mir aufzunehmen. Inzwischen hatte er sich angewöhnt, als Unterhändler seine jeweiligen Geliebten zu schicken. Ich kannte diese Frauen nicht, die mich anriefen und darum baten, ich möge mich mit meinem Vater versöhnen. Einen Tag vor meinem vierzigsten Geburtstag rief wieder eine Unbekannte an. Sie weigerte sich, ihren Namen zu nennen und wollte wissen, ob ich am folgenden Tag zu Hause sei. Als ich an meinem Geburtstag zurück nach Hause kam, hatten Nachbarn dieses scheußliche Bouquet für mich entgegengenommen, zu groß für einen Kindersarg, wie eine Karnevalsmaske mit Glimmer besprüht. Die Dame sei untröstlich gewesen, es mir nicht selber aushändigen zu können. Eine Karte steckte darin, darauf stand handschriftlich eine Nummer notiert und alles Gute zum Geburtstag. Am nächsten Tag rief ich erbost diese Nummer an und sagte, mein Vater wüsste, dass ich keinen Kontakt mehr mit ihm wollte. Er sollte mich in Ruhe lassen. Sehr ruhig hörte sie sich meinen Wutausbruch an und erwiderte, sie würde weitergeben, was ich gesagt hätte. Danach habe ich tatsächlich lange nichts mehr von ihm gehört.
Das Einzige, was ästhetisch an den Anlass des Tages erinnerte, war ein mit schwarzem Molton verhängter Spiegel im Hintergrund. Neue Gäste kamen. Ich stand immer noch auf derselben Stelle. Ich sah mich um wie in einem Museum. Plötzlich wurde mir bewusst, dass ich in mein Kinderschema zurückgefallen war. Mein unverhohlenes Glotzen war meiner

Mutter zutiefst peinlich gewesen. Sie fühlte sich zu Erklärungen und Ausflüchten gezwungen. Bevor ich mich allzu genau an ihre Vorwürfe erinnerte, schlüpfte ich in einen der nächsten Räume. Stimmengewirr. Champagnergeruch, vermischt mit Parfum. Meine Begleiter hatten sich unter die anderen Gäste gemischt. Ich sah sie nicht mehr. Die Salons, mehrere, die ineinander übergingen, waren voll von Menschen, über deren Köpfen Wortfetzen wie weißer Lärm verdampften. Die Leute waren gutsituiert, das sah man an ihrer Kleidung, ihren Frisuren, dem Schmuck der Frauen. Und man hörte es ihrem Tonfall an. Die Zuordnung einzelner Personen war nicht möglich. Keine offenbarenden Ähnlichkeiten. Ich hätte fragen müssen, ähnlich wie auf diesen riesigen Hochzeiten, wo es heißt, Braut oder Bräutigam. Wie hieße es hier? Toter oder Witwe? Aber sie schienen sich alle zu kennen, zumindest taten sie so. Niemand, Gott sei Dank, achtete auf mich. Eine andere Frau in schwarzer Tracht mit weißer Schürze bot auf einem Tablett Getränke an. Ein Kellner folgte mit Canapés. Ich hatte ganz offenbar nicht nur einen noblen, sondern auch einen reichen Vater gehabt. Was würde meine Mutter wohl dazu sagen? Zu dieser, wie soll ich sagen, Variation der Geschichte, auf die ich noch gar nicht gekommen war. Mir gestehen, dass sie einen Liebhaber gehabt hatte? Dass ihr Schößling gar nicht von dem gewesen war, der sie so schlecht behandelt hatte und von dem sie sich scheiden ließ, sondern von einem reichen, französischen Bankier? Meine Mutter hatte häufig irgendwo die

Ferien alleine verbracht. Sie hatte die Côte d'Azur geliebt, Nizza, vor allem aber St. Tropez. Das war vor meiner Geburt gewesen, in den ersten Jahren der 1950er. Sehr viel hatte sie nicht davon erzählt. Es hatte immer ein bisschen sehnsüchtig und auch geheimnisvoll geklungen, wenn sie davon schwärmte, wie sie die Koffer packte, voller Sorgfalt. Mehrere. Manchmal fuhren ihre Schwester und ihr Schwager mit, aber meistens fuhr sie allein. In Paris stieg sie um und nahm eine Couchette nach Süden, an die Küste. Mehrmals, erzählte sie, hätte sie im Hotel Negresco gewohnt. Jetzt erst ging mir der Sinn dieses Namens aus ihrem Mund überhaupt erst auf. Meine Mutter hatte im Negresco gewohnt! Sie, die sich immer und überall fehl am Platz fühlte, nicht gut genug, nahm ein Zimmer mit Blick aufs Meer in einem der ersten Häuser an der Côte d'Azur. Gegen sieben trank sie ihren Aperitif, dann ging sie in den Speisesaal, eine schlanke Person von dreißig Jahren mit kurzem dunkelblondem Schopf. Am zweiten oder dritten Abend fand sie einen Strauß Blumen auf ihrem Zimmer, als sie von einem Spaziergang kam. Die beigesteckte Karte verwies auf einen Unbekannten namens Alphonse Steiner. Er bat darum, mit ihr am nächsten Tag gemeinsam etwas trinken zu dürfen. Gegen sechs? Auf der Terrasse? Sie ist zunächst überrascht. Erschrocken. Sie steht auf der Schwelle zu ihrem Balkon und schaut über die Promenade hinweg auf das Meer. Der hässliche Anlass ihrer Reise ist längst verschwommen. Auch der Weg hierher, die unruhige Nacht im Schlafwagen, die Frage, was sie tun soll, wie sie ihren Mann dazu bringen soll, endlich mit seinen Weibergeschichten aufzuhören. Am nächsten Morgen erwacht sie ganz beschwingt. Noch vor dem Frühstück nimmt sie ein Bad, macht einen Spaziergang an dem noch leeren Strand, genießt den Aufgang der Sonne, ein mirabellfarben durchsetztes Rot mit weißem Hof. Sie lässt sich ihr petit déjeuner aufs Zimmer bringen. Anschließend will sie ins Dorf, wie sie Nizza nennt, Einkäufe machen. Ihre Fingerspitzen kribbeln, sie hat Lust auf ein neues Kleid. Und vorher könnte sie sich die Kathedrale anschauen. Eine Kerze anzünden. Und davor in seinem Fach eine Nachricht hinterlassen. Wie aufregend das ist. M. Steiner, wer sind Sie? Sie hat nicht einmal ein Bild von ihm im Kopf. Die folgenden Stunden sind die eines Mädchens, das große Dame spielt. Sie ist ganz berauscht von dem Gedanken, heimlich einen fremden Mann zu treffen. Eigentlich rechnet sie mit nichts. Ein, zwei Sherry oder zwei Glas Champagner und dann zum Abendessen. Dazwischen ein paar gesenkte Blicke, der wimmernde Stachel eines schlechten Gewissens, über das sich erst scheues, dann bezaubertes Gelächter legt.

Dann aßen sie doch zusammen. Er ist ein ganz außergewöhnlicher Mann, der nicht nur Französisch, sondern – Gott sei Dank – auch Deutsch, Englisch und Spanisch spricht. Und obwohl noch kurz nach dem Krieg, hegt er keine bösen Vorurteile gegen das Land, aus dem sie kommt. Am nächsten Tag treffen sie sich wieder. Und am folgenden auch. Er chauffiert sie in seinem offenen Wagen die Küstenstraße entlang. Er zeigt ihr das Château, mittags essen sie irgendwo in einem Dorf, entfernt von der Küste. Sie trägt ein hellblaues Kleid mit weißen Streifen. Ihre Haut ist braun. Sie hat vergessen, woher sie kommt und wohin sie zurückgehen muss. Sie folgt ihm überall hin. Ganz leicht. Sie tut Dinge, die sie nie für möglich gehalten hätte. Endlich kann sie das. Niemand kennt sie hier. Niemand am Rhein wird je davon erfahren. Er ist ein wunderbarer Mann. Er will sie gar nicht aus den Augen lassen und hat nur Augen für sie. Bis zum letzten Tag, als sie sagt, dass sie zurück nach Deutschland muss, sind sie unzertrennlich. Was, wenn der Wind daher wehte? Was, wenn an all dem doch etwas dran war und der Brief gar kein Irrläufer, sondern nur der Hinweis auf einen mir bis dahin unbekannten Sachverhalt ist? Rührte vielleicht ihre bedrückte Stimmung daher, dass sie um einen Mann trauerte, den sie wirklich geliebt hat? Inmitten dieser fröhlich sich unterhaltenden Gesellschaft sah ich meine traurige Mutter auf einmal in einem anderen Licht. Um Fassung ringend, jahrzehntelang. Ihr Hadern mit dem Schicksal – eine verlorene Liebe. Und ihr unsichtbarer Makel – ein Bastard, den sie ihrem Ehemann untergeschoben hat. Ich? War das der Grund ihres Minderwertigkeitsgefühls? War das der Grund, warum sie sich am Ende ihrer Ehe sogar von ihm hat schlagen lassen? Von einem Mann, der ein Nichts ist gegen meinen leiblichen Vater, ein inzwischen heruntergekommener Niemand, der sich von seiner letzten Frau aushalten lässt, der Angeber, der sie dreißig Jahre lang mit wechselnden Geliebten betrog und mit polternder, neureicher Geste jeder Frau, die in seine Nähe kam, den Hof machte. War sie vielleicht nur meinetwegen bei ihm geblieben, ihm, dem gewalttätigen, verantwortungslosen Egoisten, der jenem wunderbaren Mann niemals das Wasser hatte reichen können? Yvette, meine kurzfristige Wegbegleiterin, hatte davon gesprochen, dass es gerade der Gemeinsinn gewesen sei, den alle – *gewiss auch Sie*! – an Alphonse so bewundert hätten. Alphonse war ein sozial denkender und handelnder Mann. Ein guter Charakter. Für meine Mutter war er Idol und Liebe zugleich gewesen. Wie muss sie sich gefühlt haben, als sie aus Nizza wieder zurückkam an den Rhein. Und was geschah dann? Merkte sie sofort, dass sie schwanger war? Oder schlief sie zuerst mit ihrem Mann, weil sie ein schlechtes Gewissen hatte. Wusste er von ihrer Liebesgeschichte? Ahnte er, dass ich nicht seine Tochter war? Von jetzt an zwang ich mich, hier alles mit anderen Augen zu sehen. Dieses Haus als das Haus meines Vaters. Vielleicht war er schon verheiratet gewesen, als sie sich kennenlernten. Vielleicht auch nicht. War es fair gewesen, eine Liebesgeschichte mit ihr anzufangen? Aber sie hatte es auch gewollt. Ich hoffte, dass er meine Mutter niemals ganz vergessen hatte. Dass auch er sich nach ihr sehnte wie sie sich nach ihm. Jedes Detail sah ich mir an, als ich tiefer in die Zimmerflucht eintauchte. Fast hatte ich den Eindruck, hinter eine Kulisse zu blicken. Im nächsten Durchgangszimmer stand ein Flügel. Geschlossen. Ein Geigenkasten lehnte in einer Ecke gegen die Wand. Ob Alphonse musikalisch war? Fenstertüren gingen auf einen nicht allzu großen, verwilderten Garten hinaus, der, wenn ich mich recht orientierte, zum Park Monçeau hin lag. Die Gärten, das wusste ich von meinen damaligen Besuchen in dieser Gegend, waren zwar durch einen Zaun vom öffentlichen Grund abgetrennt, aber es gab in jedem Zaun eine Tür. Mit dem entsprechenden Schlüssel gelangte man direkt in die Anlagen, oder umgekehrt, von den Anlagen auf das eigene Grundstück. Romantisch, in einer Großstadt das eigene Haus durch den rückseitigen Garten zu betreten. Und sehr privilegiert.

Ich hielt mein Glas in der Hand, nippte ab und zu, obwohl ich den Champagner lieber hätte hinunterstürzen wollen. Mein Magen zitterte. Es fühlte sich an als schlügen Falterflügel gegen seine Wände und versetzten sie in Vibration. Ich bewegte mich langsam durch die Räume. Ich wollte mich so gern belügen. Mit jedem Gedanken, mit jedem Wunsch führte ich das fort, was meine Eltern mir beigebracht hatten. Verbissen und überzeugt davon durchzuhalten, wehrte ich jeden Funken Wirklichkeit ab. Grau und Gold herrschten vor, angestoßen, abgewetzt, Teppiche auf altem Parkett, in zwei Salons gab es Kamine, über einem war wieder ein Spiegel verhüllt, über dem anderen hing eine idyllische Landschaft. Kein Maler, den ich erkennen konnte. Die Dinge hier schienen einander verbunden, verflochten durch ein unsichtbares Band. Es war beruhigend und auf eine sehr altmodische, fast farblose Weise schön. Ich konnte mir vorstellen, dass dieses Haus mit seinem Interieur irgendwann in sich zusammenfiel. Diese Art Tod hätte ich mir immer für mich gewünscht, ein später Tod in einer vollkommen aufeinander abgestimmten Umgebung, unverwechselbar in Gestalt und Geruch, über Jahrzehnte bewährt in einem organischen Gleichgewicht. Widerwillig fiel mir eine Szene ein, die sich vor ein paar Jahren abgespielt hatte. Ich war mit meiner Mutter verabredet in einem Restaurant der kleinen Stadt, in deren Nähe wir zu meiner Kinderzeit gewohnt hatten. Wir waren für die Reservierung zu früh und schauten uns den immer noch dörflichen, aber inzwischen stark modernisierten Ortskern an. Inzwischen ging er mehr oder weniger direkt in die Wohngebiete gutsituierter Leute über. Man hatte den Eindruck, die neu gebauten Wohnungen, die Kaninchenställen glichen und trotzdem unerschwinglich teuer waren, stießen direkt an die alten Gemäuer. Schließlich schienen sogar die ehemaligen Feldwege der Gegend, in der wir gewohnt hatten, von Aufstiegswillen und Säuberung infiziert.

»Es ist alles so hässlich hier. Man sieht, dass es den Leuten gut geht, aber warum umgeben sie sich mit so einem Kitsch?«

Was ich sagte, hatte ich oft bemerkt. Die Straßen schienen ausgefräst, kein Unkrauthalm randalierte am Bordstein. Die ursprüngliche Bebauung hatte man bis auf die Stümpfe der Fundamente abgeschliffen und jeder Vorgarten wies die gleiche Auswahl von Pflanzen auf. Diese Akkuratesse deprimierte mich. Zwang, idyllisch verbrämt. Perfide Ordnung.

Sie erinnerte mich an meine Kindheit. Verwirrt registrierte ich eine seltsam vertraute Angst. Verloren. Fremd. Meine Eltern auf Reisen. Es war die Zeit, als andere Leute über mich herrschten. Ich sah keinen Zusammenhang außer diesem tristen Gefühl.

»Sag mal, wo kommst du eigentlich her? Du redest, als seist du mit einem goldenen Löffel im Mund geboren. Wir haben schließlich auch mal hier gewohnt. Aber das war dir wohl nicht gut genug.«

»Mami, bitte! Das meine ich doch gar nicht. Ich rede nicht von Geld. Nicht von unserem Haus hinter dem Deich. Du weißt, wie sehr ich die Gegend und das Haus geliebt habe. Wie traurig ich damals war, als wir ausziehen mussten. Ich rede von – «

Mich überkam so sinnlos Traurigkeit, dass ich mich kaum beherrschen konnte. Ich hätte so gern ihre Zustimmung gehört, eine Geste, die mir sagte, sie wüsste, wovon ich spräche und dass wir einer Meinung seien. Aber dann hätte ich etwas anderes sagen müssen. Vermutlich das Gegenteil. Woher kam es nur, dass sie immer dachte, etwas sei für mich nicht gut genug? Warum nahm sie auf diese Weise Abstand von mir?

»Wer hat dir bloß diese Flausen in den Kopf gesetzt. Diese unglaubliche Arroganz, diese Überheblichkeit.«

Ich hoffte, dass der Geigenkasten immer an dieser Stelle gestanden hatte, die Spiegel dort immer schon hingen und auch das undefinierbare Bild über dem Kamin. Und dass es so bleiben würde. Ich versuchte, in die Gesichter der Anwesenden zu blicken, ohne dass es zu auffällig wirkte. In keinem Gesicht stand ein Echo. Den Mann, der am Grab so fassungslos war, sah ich nicht. Die Leute unterhielten sich angeregt, als wären wir auf einem Cocktail. Sie trauerten nicht, sie schwätzten. Armer Alphonse. Außer mir fehlte er keinem. Musste ich ihr sagen, was geschehen war, wenn ich zurück in Deutschland war? Es war gut geheizt. In den Räumen spürte man wenig von dem ungemütlichen Wetter draußen. Manche Damen schienen das gewusst zu haben. Was sich da alles aus den schwarzen Mänteln geschält hatte. Leichte Kleider, Seidenblusen, sogar der Anflug eines Dekolletees. Und worüber sie redeten. Da war einer auf Martinique gewesen, und eine andere fährt zu den Feiertagen nach Deauville. Eine blonde Dame, die ich irgendwo schon einmal gesehen zu haben glaubte, vermutlich in einem dieser Hochglanzmagazine, schwärmte vom Winter in Dubai. Ich wünschte, ich kennte hier jemanden, der eng vertraut mit ihm war. Eine Enkelin vielleicht, die sich mit mir auf das Sofa in diesem Zimmer hier zurückziehen würde. Ich stellte mir vor, die Leute wären endlich weg, es wäre still im Haus. Sie würde mir von ihm erzählen. Wie er gewesen ist, was er gesagt hatte, was er verabscheut hatte. Seine Vorlieben, was er gerne aß, vor allem aber, wie es zu dem gekommen war, was ich hier sah und nicht einordnen konnte: die Leute, das Gerede, das Haus, die Familiengruft und das, was davor war, bis hin zu mir. Erst da fiel mir auf, was ich zusammenspann. Ich träumte wieder diesen Familientraum, den Traum vom Dazugehören. Das Ende der Verlorenheit. Ich landete in einem fensterlosen Durchgangszimmer, einer Art kleiner Bibliothek. Hier stand ein Sekretär mit sehr privaten Utensilien. Eine Mappe aus braunem Leder mit abgestoßenen Ecken lag darauf, mittig war ein Wappen geprägt. Ich sah mich verstohlen um. Die Leute waren beschäftigt. Ich nahm die Mappe in die Hand, in der Hoffnung, das Wappen entziffern zu können. Aber die Prägung war reichlich abgenutzt und der Raum nicht hell genug, um alles genau zu erkennen. Dennoch: es hätten zwei Figuren oben sein können, ein Einhorn mit steigenden Vorderhufen und ein Löwe. Mit etwas gutem Willen war das Motiv zu erkennen. Ich legte die Mappe an ihren Platz zurück und betrachtete die Photos, die in mehreren Rahmen nebeneinanderstanden. Ein Hochzeitspaar in konventioneller Kleidung. Der Mode nach zu schließen konnte es in den achtziger Jahren aufgenommen worden sein. Vielleicht sein Sohn oder seine Tochter. Einige Kinder, Mädchen in hellen Kleidern, Jungen in kurzen Hosen, ordentlich wie auf einer Schnur aneinandergereiht. Eine Frau in mittleren Jahren, die Madame Steiner gewesen sein könnte. Ihr Haar auf dem Photo war schwarz, halblang und mäßig toupiert. Sie trug ein leicht dekolletiertes Kleid mit einem Perlenband um den Hals. Aber das Photo, das ich suchte, fand ich nicht.

»Sie sind Germaine, nicht wahr?« sagte jemand leise. »Sie suchen ein Photo von Alphonse? Er hat mir gesagt, wo ich Ihre Briefe finde. Er hat sie mir anvertraut, damit niemand anderer sie entdeckt.«

Dieses Mal war es keine Einbildung, dass mich jemand von hinten ansprach. Es war ein junger Mann, um die zwanzig, eher jünger als älter.

»Was? Nein?!«

»Vor mir brauchen Sie sich nicht zu verstecken. Ich weiß, dass Sie ihn geliebt haben. Jeder konnte sehen, wie Sie weinten während der Zeremonie. Aber die anderen wussten nicht warum. Und als Sie eben auf dem Friedhof zusammenbrachen, nachdem Sie Großmutter kondoliert hatten, war mir klar, dass Sie es sein müssen. Sie brauchen keine Angst zu haben, ich verrate nichts. Aber ich kann Ihnen sagen, dass Sie das Photo, das Sie hier suchen, nicht finden werden. Von Alphonse gibt es in diesem Haus nur ein einziges Photo, und das steht auf dem Nachttisch meiner Großmutter. Alphonse als junger Mann. Wollen Sie es sehen?«

»Sie irren sich.«

Er lächelte wissend. Ich sollte die Geliebte von Alphonse Steiner gewesen sein? So etwas wie eine jahrelange Mätresse, mit der er ein Doppelleben teilte? Briefe wechselte? War der Junge verrückt?

»Ich kann Sie ja verstehen. Ich habe meinen Großvater sehr gemocht. Wir standen uns nah, wissen Sie. Ich war die letzten zwei Tage bei ihm. Er hat nicht mit diesem Tod gerechnet. Er hatte einen Unfall gehabt. Aber er hat nicht damit gerechnet, dass er sterben würde. Er hatte ein Testament gemacht. Seit langem. Sonst hatte er nichts vorbereitet. Er sagte mir, ich sollte die Briefe an mich nehmen. Er vertraute mir, der alte Schlawiner. Dieser bigotten Gesellschaft traute er nicht. Er verabscheute sie.«

Plötzlich wurde mir schlecht. Was gingen mich diese Intimitäten an? Briefe einer Geliebten? Ein Testament? Ich drehte mich um und blickte hilfesuchend nach einer der schwarzweißkarierten Bedienungen. Schließlich fand ich sie im hinteren Teil des angrenzenden Raumes. Ich fragte nach der Toilette. Ich schaffte es gerade noch. Ich hatte an diesem Tag noch nicht viel gegessen, dennoch hatte ich den Eindruck, mein ganzer Magen drehe sich um. Ich ekelte mich vor mir selbst, meiner blinden, mutwilligen Unternehmung, meinem alten, bizarren, verlogenen Wunsch, der in mir rumorte. Aber auch vor dem, was der Junge mir unterstellte. Als ich mich einigermaßen erholt hatte, bat ich um meinen Mantel. Der junge Hausherr stand in der Tür und grinste. Er nahm dem Mädchen den Mantel ab und hielt ihn mir hin.

»Irgendwie hätte ich gedacht, dass Großvaters Geliebte mehr Souveränität besitzt.«

Ich hätte ihn gern geohrfeigt – warum bloß? Ich war nicht die Geliebte von Alphonse Steiner. Wofür wollte ich mich schlagen? Für die Ehre eines Fremden? Oder dafür, dass auch er seine Ehefrau betrogen hatte?

»Sie sind wirklich auf dem Holzweg, junger Mann. Sie sind dumm, blasiert und grausam. Und schlecht erzogen sind Sie auch«, sagte ich auf Deutsch. Ganz offensichtlich verstand er mich nicht. Sein süffisanter Gesichtsausdruck war der Verblüffung gewichen.

»Sie sind Deutsche? Eine Boche! Wer, verdammt, sind Sie?«

»Sehr richtig, ich bin Deutsche. Ich bin nicht die, für die Sie mich halten.«

Draußen regnete es. Die Feuchtigkeit kam aus einem milchigen Dunst, mehr Zerstäubung als Tropfen. Ich ging zur nächsten Métro-Station. Es war noch früh, nicht einmal halb zwölf. Ich fuhr ins Hotel zurück und duschte heiß. Mir war wie nach den losen Nächten meiner Studentenzeit. In meinem ersten Münchner Jahr, das dem Pariser Aufenthalt folgte, hatte ich mir angewöhnt, Männer für eine Nacht in mein Bett zu schleppen. Manchmal ging ich auch mit ihnen. Es war die Zeit, als die Scheidung meiner Eltern auf Hochtouren lief. Mein Zuhause in den Rheinauen gab es nicht mehr. Für mich gab es überhaupt nichts mehr. Plötzliche Sonnenfinsternis. Ich ließ mich treiben und sah mir dabei zu. Wenn ich nach solchen Nächten nach Hause kam, ekelte mich meine Ziellosigkeit. Ich quälte mich damals, erniedrigte mich, als bräuchte ich eine körperliche Entsprechung zu dem, was ohne mein Zutun und ohne mein Verständnis ein paar hundert Kilometer nördlich vor sich ging – Auflösung, Trennung, Ungültigkeitserklärung meiner Kinderwerte. Eine Scheidung ist für jedes Kind schlimm. Aber ich war kein Kind mehr. Ich war eine halberwachsene Frau mit gelungenem Schulabschluss. Ich studierte. Ich hatte eine Zukunft vor mir. Ich sah passabel aus, stammte aus guten Verhältnissen, war nicht dumm. Ich verstand nicht, was an meiner Lage so dramatisch war. Mir schien, als gäben meine Eltern gerne auf. Vielleicht fühlten sie sich nach den jahrelangen vergeblichen Versuchen, eine Familie auf die Beine zu stellen, entlastet. Sie schienen einigermaßen zufrieden, endlich ihrer Wege zu gehen. Ich hatte mich gewundert, mit welcher Leichtigkeit sie das Haus aufgaben und schließlich alles andere auch. Die Nähe zum Fluss, die Wiesen mit den Ententeichen, durch die ich mit den Hunden gestreift war, die Nebelhörner der Schiffe im Herbst.

Ich weiß nicht, wie lange ich unter der Dusche blieb. Als ich aus dem Bad kam, war meine Haut so rot wie ein frisch gekochter Krebs. Ich setzte mich aufs Bett und wartete. Von der Straße unten kamen ein paar Geräusche, Menschenstimmen, hupende Autos. Was für ein absurder Trip. Ich rief an der Rezeption an und bat um eine halbe Stunde Aufschub für das Zimmer. Dann packte ich meine Tasche. Man hatte mich für die Geliebte meines angeblich leiblichen Vaters gehalten. In blinder Aufregung hatte ich deliriert. Was war das? Das alte Gefühl von Verlorenheit, das mich so weit gebracht hatte? Das mich all diesen Unsinn denken ließ? Heute denke ich, dass das möglich ist, dass es immer wieder Situationen geben wird, in denen mich diese Verlorenheit von der Wirklichkeit isoliert. Ich denke es jetzt, da Viktor in Kabul ist und ich ganz leicht in Panik gerate, mir vorstelle, was wäre, wenn er niemals wiederkäme. Diese Verlorenheit ist wie ein ungeschriebenes Gesetz, das bei bestimmten, einander ähnelnden Gegebenheiten wirksam wird. Ich kann nichts dagegen tun. Ich muss es akzeptieren. Es ist älter als ich.

Mein zweiter Anruf verlängerte den Aufenthalt um zwei Tage. Ich wollte zur Ruhe kommen. Den

Vormittag in die Gosse sickern lassen und zwei Tage lang andere, meine Dinge tun. Ich packte wieder aus und ließ mich voller Erschöpfung auf das Bett fallen. Dann dämmerte ich in merkwürdigen Bildern dahin. Bilder, in denen ich Kind bin oder selbst mit einem Kind im Arm, irgendwo im Sommer, in der Wärme, in einem Zimmer mit halb dämmrigem, von Fensterläden abgeschirmtem Sonnenlicht. Daraufhin ohrfeige ich übergangslos diesen Bengel, der mich mit einer rhetorischen Frage zur Geliebten von Alphonse Steiner macht. Wenig später befinde ich mich im Zug. Kurz vor Aachen wache ich auf. Die Geschwindigkeit hat mich also doch noch in den Traum geschleudert. Erleichtert stelle ich fest, dass ich an diesem Abend eine Einladung zu einem Geburtstag habe. Ich muss nicht weiter über diese unselige Beerdigung und meine Schlappe nachdenken und auch nicht an die Demütigung, die meiner Ehe ein Ende bereitet hat. In meinem Hotelfach finde ich die Nachricht von einem Unbekannten, der mit mir einen Aperitif trinken will. Gegen acht. Ich werde mich beeilen müssen, danach rechtzeitig auf der Party zu sein.

Es war später Nachmittag, als ich aus diesem Traumwirrwarr erwachte. Draußen war es dunkel. Einen Augenblick wusste ich nicht, wo ich war. Dann fielen die einzelnen Teile des Kaleidoskops langsam zu dem Ornament zusammen, das den Morgen ergab. Vielleicht hätte ich fassungslos sein sollen, in was für eine merkwürdige Geschichte ich mich hatte einspannen lassen. Aber ich war es nicht. Nicht einmal erstaunt. Ich wusste, was da angekrochen kam, auch wenn ich es immer noch nicht wahrhaben wollte.

Mein Magen war leer. Er knurrte. Ich hatte Hunger. Kein Wunder nach diesem langen Morgen und Schlaf. Ich zog mich an und ging hinunter auf die Straße. Es war immer noch mild. Noch milder als am Vormittag und trocken. Die Vitrinen der Geschäfte in der Rue Jacob waren erleuchtet. Ich hatte keinen rechten Appetit, wusste nicht, welches Restaurant ich wählen sollte. In einem Tabac bestellte ich einen kleinen schwarzen Kaffee und sah die Schlagzeile in der Zeitung. Sie berichteten immer noch aus New York, von den Trauergottesdiensten am Ground Zero, wie das Gelände jetzt hieß, von den Maßnahmen, die Bush ergreifen wollte, vom Kampf gegen Al Quaida und die Taliban.

In den letzten Wochen, kurz bevor Viktor fuhr, gab es Anschläge im Norden Afghanistans, genau dort, wohin er reisen wird. Bin ich verrückt? Sehe ich Schatten an der Wand, ohne Gegenstände, die Schatten werfen könnten, ohne Licht, das den Schatten setzt? Meine Angst vermischt manchmal die Zeiten. Ich trank meinen Kaffee, ging zum Zeitungsständer und zog verschiedene Blätter heraus. Egal welches, sie berichteten alle dasselbe. Das tun sie heute auch. Immer spekulieren sie. Die Taliban. Immer sind alles und jedes die Taliban. Dabei heuern sie inzwischen irgendwelche Jugendlichen an, geben ihnen Schuhe, etwas zu essen und lassen sie ein paar Tage für sich kämpfen. Dann kommen die nächsten. Ein Durchgangsbahnhof. Ich darf mich nicht in diese Panik hineinsteigern. Ich muss davon ausgehen, dass Viktor wiederkommt. Ich bin machtlos. Ein Nichts ohne Stimme. Ich bin nicht die einzige Frau, die je um ihren Mann gefürchtet hat. Einige Ecken weiter, wo ich damals meinen Kaffee trank, in der Rue St. Benoît, hatte Marguerite Duras Monate um ihren Mann gefürchtet, Robert Anthelme, bis sie ihn als Gerippe wiederhatte. Als er hochgepäppelt war, trennte sie sich von ihm. Es war ganz nah, nur zeitlich entfernt. Nur eine andere Epoche. Ein anderes Jahrhundert, in ein paar Schritten zu betreten. Rue St. Benoît, fast Ecke Boulevard St. Germain. Ich zahlte den Kaffee. Ich musste gehen, um in Bewegung zu bleiben. Ich ging ein paar Schritte den Boulevard hinunter und entschied mich, weil ich mich nicht entscheiden konnte, wieder für das Flo. Der Kellner erkannte mich. Das ist hier so. Sie mögen das. Ihre Berufsehre gibt ihnen das vor. Und dieses Mal, ganz anders als das letzte Mal und an jenem Abend vor einigen Jahren, als ich mit den drei Männern hier zum Essen war, kam eine Garderobiere, um mir den Mantel abzunehmen. Ich bedankte mich, sie lächelte mich an, und für einen Augenblick meinte ich wieder einmal, ein Gesicht zu erkennen. Schatten. Überall, an jeder Wand. Ohne Gegenstände, ohne Licht. Die Verlorenheit treibt mich in den Wahn.

Ich bestellte. Eine Flasche Weißwein. Ein Dutzend Austern. Danach ein Entrecôte. Ich hoffte, mir würde nicht schlecht davon. So viel zu essen, wenn man lange nichts gegessen hat, ist eigentlich nicht gut. Als ich die Bestellung aufgegeben hatte, kam die Garderobiere noch einmal zurück. Ich dachte, sie wollte mir die Marke für meinen Mantel geben, aber ich irrte mich. Sie gab mir ein kleines Briefchen, lächelte noch einmal und entfernte sich wortlos wieder. Ich öffnete den unverklebten Zettel und las einige französische Sätze.

Madame,

verzeihen Sie, dass ich aufdringlich bin. Ich müsste Sie sprechen, bitte. Geht es spät heute, nach meinem Dienst? Oder morgen früh, bevor ich wieder zum Dienst gehen muss? Bitte stecken Sie mir unauffällig eine Antwort zu, wenn Sie Ihren Mantel wieder an sich nehmen. Es ist uns verboten, mit den Gästen zu sprechen. Entschuldigen Sie mich vielmals für mein ungehöriges Benehmen, bitte.

Ihre G.A.

Ein höflicher Brief. Wieder handgeschrieben. Was hatte das Schicksal mit mir vor? Gnade? Wurde ich gerade zu einer Romanfigur? War das der eigentlich wirklich wahre und einzige Musenkuss? Ich riss das Vorsatzblatt aus dem Buch, das ich mitgebracht hatte. Ich wollte nicht die Rückseite des Briefchens für meine Antwort verwenden. Ich wollte es behalten. Unter das Logo eines Berliner Verlages, den es längst nicht mehr gab, schrieb ich:

Madame,

sehr gerne spreche ich mit Ihnen morgen um zehn im Tabac Rue Jacob/Ecke Rue Bonaparte. Ich werde um neun dort sein. Ich hoffe, das ist Ihnen recht.

B.B.

Dann ging ich in Richtung der Toiletten, wo auch die Garderobe war. Ich legte das Briefchen diskret auf das kleine Pult. Madame G.A. schaute auf, als ich an ihr vorbeiging. Und da erinnerte ich mich. Sie war eine der Bedienungen im Haus Steiner gewesen. Sie war diejenige, die mir den Mantel gab, nachdem der junge Steiner mich brüskiert hatte mit seiner unverschämten Frage. Als mir das klar wurde, lächelte ich sie an. Um keinen Verdacht zu erregen, ging ich weiter, schaute im Vorraum der Toiletten kurz in den Spiegel und ging wieder zu meinem Platz zurück.

Sie saß schon über einer Tasse Milchkaffee, als ich die Bar betrat. Ohne ihre Tracht sah sie nur halb so freundlich und halb so wichtig aus. Um ihr Haar, das sie im Dienst zu einem hübschen Chignon zurückgesteckt hatte, trug sie jetzt ein verwaschenes Tuch. Ihr Gesicht war ungeschminkt und wirkte grau. Unter ihren Fingernägeln sah ich schmutzige Ränder. Ihr adrettes Aussehen, das mich spontan auf ihren Vorschlag hatte eingehen lassen, schien nur eine Dienstverpflichtung zu sein. Sie verlor keine Zeit. Kaum hatte ich mich ihr gegenüber gesetzt, begann sie mit ihrer Lebensgeschichte. Sie wurde in Moret, einer Kleinstadt an der Yonne geboren. Ihre Familie hatte seit Generationen für die Steiners gearbeitet. Juden seien die, das sei ja klar, aber immerhin solche, die man nicht erwischt hat während der deutschen Jahre. Schweinereich seien die gewesen, bevor die Besatzer kamen und nachdem die Boches kapituliert hatten, waren sie es sehr schnell wieder. Sie war damals noch ein kleines Mädchen, besuchte ihren Großvater öfter, der auf dem Gut der Steiners als zweiter Gärtner angestellt war, zwischen Sens und Fontainebleau. Ihre Mutter sei Dienstmädchen dort gewesen und ihr Vater Chauffeur. Sie selbst habe immer nur aushilfsweise für die Familie gearbeitet, mal auf dem Gut, mal in der Stadt, vor allem, wenn sie große Gesellschaften gaben. Eigentlich sei sie Näherin, aber damit sei heute nichts mehr zu holen. Wegen dieser langjährigen Familienverbindung wüsste sie über die Familie ziemlich gut Bescheid. Die Armut der Steiners während der Besatzungszeit ... An dieser Stelle unterbrach ich sie.

»Madame, warum wollten Sie sich mit mir treffen?«

»Ich habe gehört, was Mathieu zu Ihnen gesagt hat. Er hielt Sie für die Geliebte von Alphonse. Dabei könnten Sie seine Tochter sein.«

»Sie kannten sie?«

Sie nickte gewichtig. Mir fiel die Geschichte ein, die ich mir über meine Mutter und Alphonse zurechtgestammelt hatte.

»Germaine? Wie hieß sie doch gleich – «

»Blanchot. Germaine Blanchot.«

»Ja, genau. Hatte er mehrere? Ich meine, hatte er früher schon einmal eine Geliebte gehabt, eine andere?«

Ich spürte, wie mein Herz heftiger klopfte. Wieder nickte sie gewichtig. Sie sah mich vielsagend an, grinste, blieb aber stumm. Sie schien meine Spannung zu riechen wie Tiere den menschlichen Angstschweiß. Ich wagte kaum, nachzufragen. Mein Kaffee kam. Ich rührte in der schwarzen Flüssigkeit, obwohl ich ihn ohne Zucker trank. Sie beobachtete mich dabei. Ich fand auf einmal, sie sähe gehässig aus. Das Vertrauenerweckende war aus ihrem Gesicht getilgt, als wäre jemand mit einem Lappen darübergefahren und hätte es abgewischt. Ich blieb stumm. Ich wollte ihr nicht den Gefallen tun, im Recht mit ihren Geheimnissen zu sein. Ich hatte das Verlangen, die Familie Steiner zu schützen, als ob es meine eigene wäre, ganz gleich wie fies sich der Lausebengel mir gegenüber benommen hatte, ganz gleich, wer Alphonse wirklich gewesen war. Mit einem Ruck trank ich den Kaffee aus. Sie kramte in irgendetwas unter dem Tisch.

»War auch – eine Deutsche dabei?«

»Oh ja. Ich sagte doch, es hat Gründe gegeben, warum sie so gut durch die Besatzungszeit kamen. Niemand von den Steiners wurde deportiert.«

»Ich dachte an die fünfziger Jahre. Ob er da eine deutsche Geliebte hatte.«

Sie zog einen Stapel hervor und präsentierte Photographien als legte sie Patiencen. Eine Reihe in Schwarz-Weiß, eingegilbt und leicht verblichen.

»Das sind sie. Alle. Ich habe keine vergessen. Auch Germaine ist dabei. Da, sehen Sie.«

»Madame, was hat das mit mir zu tun? Warum sagen Sie mir das alles, warum zeigen Sie mir das?«

»Nun, ich weiß, dass er Kinder außer der Ehe gehabt hat, unser Monsieur Alphonse. Er hat einen Sohn und eine Tochter hinterlassen. Die Tochter ist in Ihrem Alter, Madame.« Sie sieht mich eindringlich, fast beschwörend an. »Vielleicht sind Sie mir dankbar, wenn ich Ihnen sage, dass es viel zu erben gibt.«

»Das interessiert mich nicht. Es ist scheußlich, was Sie tun.«

Ich stand so hastig auf, dass mein Stuhl umfiel. Wie konnte sie von meiner Befürchtung wissen? Wie von meiner Geschichte? Das war doch alles Quatsch. So etwas gibt es nicht.

»Wie aufgeregt Sie sind, Madame. Warum sind Sie hergekommen? Warum haben Sie den weiten Weg gemacht – aus Deutschland? Um seiner Witwe zu kondolieren?«

Ich drehte mich um.

»Woher wissen Sie, dass ich aus Deutschland bin?«

»Ich habe meine Quellen, Madame. Ich weiß viel.«

Ich hätte gern etwas Böses erwidert, aber mir fiel nichts Passendes ein. Ich ging zum Tresen, bezahlte unsere Kaffees und verließ den Tabac. Draußen, als ich ein paar Schritte gegangen war, kam sie hinter mir hergerannt.

»Falls Sie es sich anders überlegen.«

Sie drückte mir einen Umschlag in die Hand und war auch schon verschwunden. Einen Moment lang kämpfte ich mit mir und überlegte, das Ding in den nächsten Papierkorb zu werfen. Dann schob ich es in meine Handtasche. Ich würde später schauen, was der Umschlag enthielt. An dieser Stelle fiel mir ein, woher sie wusste, dass ich aus Deutschland war. Ich hatte es Mathieu Steiner gesagt. Sie selbst hatte mir erklärt, sie hätte uns belauscht. Also daher. Ich sah immer Schatten an der Wand, auch wenn nichts in der Nähe war, was einen Schatten werfen konnte.

Zwei

Was soll ich machen? Zu ihr gehen? Sie fragen? Immer wieder, die ganze Strecke im Zug von Paris bis nach Hause sah ich mir das Photo an. Alphonse Steiner steht hinten drauf. Dann ein Ort und ein Jahr: Nizza 1955. Weiter in der Handschrift, die auch das Briefchen schrieb: Auskunft erteilt G.A., 6, Rue des Petites Écuries, Paris 10ième. Schlimme Gegend. Ein Mann in einem weißen Leinenanzug. Heller Hut dazu mit dunklem Band. Der Hut wirft einen Schatten über sein Gesicht, sodass man die Augen nicht genau erkennen kann. Der Mann, mittelgroß, eine Hand in der Hosentasche. Dadurch ist sein Jackett auf der rechten Seite aufgebauscht. Die Linke hält eine Zigarette. In seinen Vierzigern also hat Alphonse geraucht. Er steht auf einer Veranda, nehme ich an, hinter ihm Fensterglas, vielleicht eine Terrassentür. Mehr ist auf dem Photo nicht zu sehen.

Die beiden weiteren Tage in Paris waren sehr schön. Ich genoss sie in vollen Zügen. Mit einer Spur Schwermütigkeit. Ich wäre gern geblieben. Das mochte eine nostalgische Regung sein. Oder Weltflucht. Als ich in der Nacht von Sonntag auf Montag nach Hause kam, fiel ich ins Bett und schlief am nächsten Tag bis halb zwölf. Das passiert selten. Einmal, zweimal im Jahr vielleicht. Erschöpfungsschlaf. Danach trank ich einen Kaffee und rief sie an. Ihre Stimme, immer diese Mischung aus Forderung und Bedauern. Ich wünschte, ich liebte meine Mutter einfach, ohne jede Einschränkung, ohne jede Kritik. Aber sie macht es mir oft so schwer. Sie freue sich, dass ich käme. Wir würden ausgehen zum Essen, sagte sie. Und dann: dass sie noch weniger sähe als vor ein paar Wochen. Ich fragte sie, ob sie sich an die Zeit erinnere, als sie regelmäßig allein nach Nizza gefahren war. Ach je, das sei doch Zeitalter her, wie ich denn darauf käme. Das sei doch vor dem Krieg gewesen. Vor dem Krieg? Nein, nach dem Krieg, in den fünfziger Jahren, korrigierte ich sie. Ja, da hätte ich recht. Manchmal würde sie jetzt eben Zeiten durcheinanderwerfen. Und mit Jahreszahlen hätte sie es sowieso nie gehabt.

Sie saß in der Dämmerung ohne Licht. Dämmerung ist für sie die schlimmste Zeit. Da verwischen sich die Konturen. Linien und harte Unterschiede sind das Einzige, was sie noch erkennen kann. In Krümmungen, sagt sie. Für mich ist es schwer vorstellbar. Ein Satz fällt mir ein, einmal einer Romanfigur in den Mund gelegt: *I love the dust, I love the dawn, I am not interested in the time in between.* Auch als sie noch deutlich sehen konnte, mochte sie die Dämmerung nicht. Keine verwischten Konturen oder unklaren Farben. Wir sind uns nicht ähnlich in unserem Appetit, in unserem Geschmack, in unserer Vorliebe für Gerüche und Farben. In nichts.

»Du machst kein Licht?«

»Doch, Spätzchen, gerade in diesem Augenblick wollte ich Licht machen. Es ist schon so dämmerig. Und für mich ist es dunkel. In der Dämmerung sehe ich nichts. Ich sehe immer weniger. Kaum noch etwas.«

Es ist eine hübsche kleine Wohnung mit einem Balkon zum Innenhof. Auch eine Residenz. Mitten in Zürich. Ich sage Stift dazu. Die Gedanken, die mir in diesem Zusammenhang kommen, sind mir sympathischer, auch wenn weder das eine noch das andere Wort richtig ist. Auch ein Altenheim ist es nicht. Gar kein Heim, sondern eine Ansammlung mehr oder minder großer, sehr komfortabler Wohnungen. Manche sind wie Antiquitätenläden möbliert, manche wie Krankenzimmer. Manche sind über hundert Quadratmeter groß, manche kaum zwanzig. Die Gänge der Häuser sind mit dicken Teppichen belegt, die jeden Schritt dämpfen. Die Halle sieht aus wie ein Hotelfoyer, dahinter ein Restaurant, ein Café, das Büro des Direktors, das Treppenhaus. Alles sehr gepflegt, von einer Grünanlage umgeben, direkt am Fluss, an der goldenen Promenade der Stadt. Sie fühlt sich wohl hier. Ich mich nicht. Nie. Ich fühle mich fremd, deplatziert, mir waren zu viele Menschen hier, denen sie erzählte, dass ich ihre Tochter sei. Dass ich bald umziehen würde nach Berlin. Dass ich Schriftstellerin sei.

Ich trug das Photo von Alphonse in der Manteltasche, neben dem Taschentuch von H.d.M. Ich wollte sie fragen, ob sie diesen Mann kennte, und hoffte, dass das Photo scharf genug sei. Sie zog sich hübsch an, wechselte dreimal ihr Seidentuch und zweimal den Blazer, bevor sie zufrieden war. Ich stelle mir immer vor, dass sie trotz der Trübung ihrer Augen eine Ahnung von dem hat, wie sie aussieht. Manche Farben dringen noch zu ihr durch, manche versickern in den Tönen zu einer grauen, unbestimmbaren Fläche, sagt sie. Ich freute mich, dass sie immer noch sorgfältig war mit sich, immer noch genau überlegte, was sie anziehen wollte und auch ihren Schmuck nicht vergaß.

»Kennst du diesen Mann?«
Nachdem wir unser Essen bestellt hatten, legte ich ihr das Photo hin. Sie setzte eine Brille mit dicken Gläsern auf, eine Art Lupe, ging ganz dicht an das Photo heran und tastete die Konturen von Alphonse ab wie Lesegeräte einen Code erkennen. Immer wieder. Sie bewegte dabei den ganzen Kopf. Dann legte sie das Photo auf den Tisch zurück.

»Nein. Den Mann kenne ich nicht. Wer ist das?«

»Ich dachte, du hättest ihn vielleicht aus den Zeiten gekannt, als du nach Nizza gefahren bist. In den fünfziger Jahren. Als du immer im Negresco abgestiegen bist.«

»Im Negresco bin ich nie gewesen.«

»Bitte? Du hast mir doch davon erzählt. Wieder und wieder, als ich noch ein kleines Mädchen war.

Dass du jedes Jahr allein, ohne den Vater, nach Nizza gefahren bist, jahrelang, und im Negresco abstiegst. Du hast mir die wundervollen Badezimmer beschrieben …«

»Du verwechselst das. Wer ist der Mann?«

Ich erzählte ihr, dass ich in Paris gewesen war. Von dem komischen Brief. Von der Beerdigung. Dem Empfang.

»Was stand in diesem Brief?« Sie schien plötzlich sehr aufgeregt.

Ich zog den Brief aus der Handtasche und las ihn vor. Dann schob ich ihn zu ihr hinüber. Aber die Schrift war zu matt und nicht groß genug. Sie konnte nicht überprüfen, was ich gelesen hatte. Sie gab ihn mir zurück. Ihre Hand zitterte.

»Fängst du wieder mit dieser alten Geschichte an?«

»Aber Mami, das kommt doch nicht von mir. Das ist ein anonymer Brief. Ich kenne keinen B Punkt.«

»Warum bist du hingefahren?«

»Ich weiß es nicht, Mami.«

»Du fängst wieder mit der alten Geschichte an. Ist es immer noch nicht genug? Warum stellst du dich nur so an?«

»Ich weiß es nicht. Es ist stärker als ich.«

Ich erzähle ihr von meiner Phantasie. Dass ich mir vorgestellt hätte, sie wäre all die Jahre wegen eines Mannes nach Nizza gefahren, eines Mannes, den sie wirklich geliebt hätte.

»Was für eine Idee! Ich habe deinen Vater nie betrogen. Wie käme ich dazu. Das wäre niemals infrage gekommen. So eine Frau bin ich nicht.«

»Aber geliebt hast du ihn nicht?«

»Nein. Die Zeiten damals waren anders. Das habe ich dir schon tausend Mal gesagt. Warum willst du das nicht verstehen?«

»Ich dachte, es könnte eine Erklärung dafür sein, dass du immer so unglücklich warst. Dass du so selten lachtest. Und dass du niemanden, nicht einmal mich, deine Tochter, an dich herangelassen hast. Es war immer so dumpf zu Hause bei uns, eine so bedrückte Stimmung …«

»So ein Unsinn. Was redest du dir nur zusammen. Es war sehr schön bei uns. Wir waren glücklich. Alle. Wir drei zusammen. Wir waren eine zufriedene Familie.«

»Und deine Scheidung?«

»Das kam später. Weil dein Vater immer diese Frauen hatte. Nur deswegen.«

Ich bringe sie zurück zu ihrem Stift. Auf dem Weg sage ich ihr, dass ich an das Bankfach müsste.

»Wozu?«

»Ich bräuchte meine persönlichen Unterlagen, Geburtsurkunde, Promotionsurkunde …«

»Wozu?«

»Wegen des Umzugs. In Berlin am Einwohnermeldeamt wollen sie alle Papiere im Original. Sie sagen, sie hätten keinen Zugang zu den Computern der anderen Bundesländer.«

»Du hast doch noch nicht einmal eine Wohnung in dieser Stadt. Du kannst doch nicht einfach umziehen.«

Ich weiß nicht, warum ich sie überhaupt gefragt hatte. Seit sie kaum noch sehen konnte, hatte ich

Vollmachten für alles und eigene Schlüssel. Sie war darin immer sehr vertrauensvoll. Wie eine wirkliche Mutter. Ich konnte alles erledigen, ohne sie davon zu unterrichten. Sie hat es selbst so gewollt. Über die ausgestorbene Bahnhofstraße ging ich zu meinem Hotel. Ich mochte diese kleinen, überschaubaren Städte nicht. Mir war, als könnte jederzeit jemand aus einem der Häuser treten, der mich kannte. Er mich. Ich ihn nicht.

Das Schließfach war so vollgestopft als enthielte es ihr ganzes bisheriges Leben. Sie hatte eines der größeren gemietet, in dem man einen Aktenkoffer hätte unterstellen können. Ein Teil gehörte dem Schmuck, den sie von meinem Vater bekommen hatte. Sie trug ihn nicht mehr. Hochkarätige Sachen, für einen Ball oder ein großes Abendessen gedacht. Darunter allerart uralte Papiere. Ein Aktenordner zu einem Haus, das sie längst verkauft hatte. Schließlich, zuunterst begraben, eine Gittermappe mit meinem Namen. Um mir weitere Wühlerei zu ersparen, nahm ich sie ganz. Sie war dick. Ich hatte keine Idee davon, was sie alles gesammelt haben könnte.

Ich verabschiedete mich am Morgen von ihr. Sie schien vergnügt, plapperte von ihrem Tagesplan, der kaum Zeit zum Luftholen ließe, vollgestopft wie das Schließfach in der Bank. Sie sagte, ich solle bald wiederkommen, aber eigentlich war sie bereits eingetaucht in ihren Alltag. Sie verabschiedete sich, war in Eile, ein Literaturkurs finge gleich an. Merkwürdig, dachte ich, als sie noch selbst lesen konnte, hat sie nie zu einem Buch gegriffen. Jetzt, wo man ihr vorlesen muss, ist sie ganz versessen darauf.

Im Zug nach Hause merkte ich, dass mich der Aufenthalt in Zürich müde gemacht hatte. Aber dann ging mir auf, dass ich Müdesein verwechselte mit Traurigkeit. Die Fremdheit zwischen ihr und mir, die ich durch meine Phantasie erklären wollte und die ihr selbst nie aufzufallen schien, umfing mich. Mir war kalt, obwohl der Zug gut geheizt war. Ich zog den Mantel fester um mich und dämmerte ein wenig dahin. Die Mappe mit den Unterlagen hatte ich in der Tasche verstaut. Ich hatte gedacht, ich sei neugierig darauf, was es alles zu mir gab. Aber dann hatte ich gemerkt, wie egal es mir war. Es reichte, wenn ich am Abend nachsah, nachdem ich ein heißes Bad genommen hatte. So heiß, dass es mich von innen erwärmte. Die Vorstellung war paradiesisch. Felder flogen vorbei. Berge. Wohlgetrimmte Almen. Wir fuhren früher auf dem Weg zu den Skiorten hier durch, Josef und ich, als wir noch nicht verheiratet waren. Für einen Bruchteil meines Lebens war ich vom Einzelgänger zu einem sozialen Wesen geworden, immer noch scheu, immer noch eifrig und ängstlich auf Form bedacht, die mir den Abstand von anderen garantierte, aber immerhin bis zu einem gewissen Grad beteiligt. Josef, der ewig Schwadronierende, der Tage am Tresen verbringen konnte, als Puffer zwischen den anderen und mir. Ob sie immer noch zum Skilaufen in diese Gegend fahren, er mit seiner neuen Frau, die er zwei Wochen, nachdem ich ihn verließ, beim Pferdefüttern aufgegabelt hatte. Er zog bei mir aus und bei ihr ein. So ist das im Leben.

Ich verstand die Sache mit dem Negresco nicht. Ich war mir ganz sicher, dass sie mir erzählt hatte, dort abgestiegen zu sein. Sie erzählte es mir, als ich noch ein kleines Mädchen war. Gab es eine Erklärung für ihre Leugnung? Vergesslichkeit? Aber an Nizza erinnerte sie sich. Und es hieß doch immer, das Kurzzeitgedächtnis würde unter dem Alter leiden, wohingegen das Langzeitgedächtnis mit den Erinnerungen aus der früheren Zeit die Oberhand gewinnt. Dampf stieg schon aus der Badewanne, bald würde ich kochen und meine Glieder im heißen Wasser entspannen. Mit Genugtuung und Amüsement stellte ich fest, dass ich es immer noch genoss, allein in dieser Wohnung zu sein. Und doch musste ich sie schnellstens verlassen, um wirklich einen neuen Anfang zu machen. Sie war klein, diese Wohnung. Aber leer, so leer wie sie war, bevor Josef mit seinen Koffern, Kisten und den Uhren hier einzog, die alle ein wenig versetzt tickten, unterschiedlich laut, unterschiedlich voll, nicht alle von ihnen schlugen zur halben und vollen Stunde an, aber alle rhythmisierten den Alltag, ein vielstimmiges Metronom. Und doch fiel sein Leben aus dem Takt. In Berlin werde ich ihn vergessen, vergessen, dass er mich hintergangen hat.

»Ja, bitte, verstehen Sie mich? Spreche ich mit dem Hotel Negresco in Nizza? Wunderbar. Ich brauche eine Auskunft. Ja, für ein Familienfest. In den

Sommern 1952 bis 1955 müsste meine Mutter bei Ihnen abgestiegen sein, jeden Sommer im Juni … Ich buchstabiere den Namen. Können Sie das zurückverfolgen? Eine Email-Adresse? Sehr gerne. Das ist ganz reizend von Ihnen, haben Sie vielen Dank.«

Die Idee war mir in der Badewanne gekommen. Es war mir plötzlich wichtig zu wissen, ob meine Erinnerung mich getäuscht hatte. Nicht, weil ich glaubte, sie belüge mich, sondern nur, weil ich einmal mehr fürchtete, meine Schatten selbst zu produzieren. Ich erhoffte mir Heilung von dem alten Gästebuch des Negresco, Sicherheit, eine besondere Art von Geborgenheit in schriftlich festgehaltenen Fakten, die niemand anzweifeln konnte.

Ich hatte wieder einmal vergessen, den Anrufbeantworter abzuhören. Seit Tagen schon. Ich hatte ihn ganz in die Ecke eines Regalbretts gestellt, die Bücher davor, damit ich das grüne Blinklicht nicht sehen musste. Ich hatte ihn nur, um mir die Leute vom Hals zu halten und dann funktionierte es doch nicht, weil man immer irgendwie antworten musste. Es ging nur, wenn man zu zweit in einer Wohnung wohnte. Aber dann brauchte man keinen Anrufbeantworter. Dann konnte der andere ans Telephon gehen.

»Hallo, Barbara? Ich hoffe, dass ich richtig bin. Hier ist Bernd Hecking. Erinnerst du dich? Wir sind zusammen aufgewachsen, auf dem Rheinpfad. Das scheint tausend Jahre her, ist in mir aber noch sehr lebendig. Ich muss dir ein Geständnis machen. Ich möchte es dir persönlich sagen, nicht auf den AB. Wenn du magst, ruf mich zurück unter 0102/3334333. Ich werde es in jedem Fall aber wieder probieren.«

Bernd Hecking? Wer sollte das sein? War das etwa? Das war! Der Junge, mit dem ich vor dem Spiegel Grimassen gezogen hatte. Das HuHu-Spiel mit dem zweifelhaften Ausgang. Er wollte mir ein Geständnis machen. Nach so langer Zeit? Es war zu spät am Abend. Ich wollte keine Geständnisse hören. Ich wollte ins Bett. Ich musste die Unterlagen durchsehen, schauen, ob ich alles für meinen Umzug zusammenhatte oder noch andere Dokumente bestellen musste. Vor ein paar Jahren dauerte das noch sehr lange. Heute kann man alles per Internet bestellen. Nicht nur Buchsbäume und Mayonnaise, auch persönliche Papiere. Ich habe sogar schon das eine oder andere Papier für Viktor bestellt, ohne seine Unterschrift, nur, weil mir bestimmte Daten bekannt waren. Unheimlich finde ich das. Auf diese Art und Weise kann man im Leben anderer herumwühlen, Ursprünge absichern von Menschen, die einen gar nichts angehen. Bernd Hecking interessierte mich nicht. Ich ging ins Bett, mit einem Glas Tee und dachte an Berlin, meine zukünftige Großstadt. In solchen Städten ist es egal, woher man kommt. Das mag ich an diesen Orten. Ich wusste noch nicht, in welchen Stadtteil ich ziehen sollte. Ich wollte mir erst ein Zimmer nehmen, irgendwo, und dann die Viertel mit dem Fahrrad durchfahren, bis ich gefunden hätte, was ich suchte. Aber dann hatte ich doch keine Lust,

Akten durchzusehen. Ich legte die Mappe wieder fort und nahm ein Buch zur Hand.

Madame,

gern teilen wir Ihnen mit, dass Ihre Frau Mutter von 1952 bis 1956 jährlich im Sommer für eine Woche bei uns abzusteigen pflegte. Sie wohnte immer im selben Zimmer, nämlich der Nummer 369 in der dritten Etage. An unserem Haus schätzte sie besonders, dass es keine Zimmernummern mit einer 13 gab. Sie frühstückte Continental. Sie rauchte NIL und nahm ihren Aperitif gegen sieben auf der Terrasse ein. Sie reiste stets allein. Die Rechnungen wurden bar von ihr selbst beglichen. Bedauerlicherweise hat sie uns in späteren Jahren nie mehr beehrt.

Hochachtungsvoll

Philbert Gradin, Hotel Negresco, Promenade des Anglais, Nice.

Hatte sie gelogen, oder erinnerte sie sich nicht mehr? Oder wollte sie sich nicht mehr erinnern? An unserem Haus schätzte sie besonders, dass es keine Zimmernummern mit einer 13 gab… Das sah ihr ähnlich. Dieser Aberglaube. Dieser ganze Nebel, den sie um sich aufgebaut hatte. Dazu gehört auch, schreckliche, wie sie es nennt, böse Dinge nicht zu erwähnen. Sie sagt zum Beispiel niemals Krebs, wenn sie die Krankheit meint. Sie denkt, wenn sie etwas nicht ausspricht, existiert es nicht. Vielleicht versteckte sie deswegen so vieles im Schließfach. Vielleicht versteckte sie etwas vor sich selbst, dachte ich, als ich die Mappe wieder zur Hand nahm und mir zuoberst etwas ins Auge fiel, das ich noch nie gesehen hatte. Ein gehefteter Band mit eingeprägtem Wappen. Auf der ersten Seite der Urkunde von 1958, beglaubigt von einem hiesigen Notar, stand

VERHANDELT

Darunter der Ort, das Datum und die anwesenden Personen.

Ich rief sie an. Ich hatte mich so lange angestrengt, ihnen den Gefallen zu tun und alles zu vergessen. Ich hatte mich verhalten, wie meine Eltern sich verhalten hatten. So, wie es mir aufgetragen worden war. Sprich nicht darüber. Das Schriftstück vor Augen, knickte ich ein. Jetzt sprach ich doch darüber. Ich fing mit Nizza an.

»Mami, du warst doch da.«

»Wie bitte?«

»Im Negresco.«

»Wann?«

»Damals, als du regelmäßig nach Nizza gefahren bist. Anfang der fünfziger Jahre.«

»Wieso?«

»Als ich dich das letzte Mal besuchte, hast du behauptet, es stimme nicht.«

»Ist das so wichtig?«

»Ich will nur, dass du die Wahrheit sagst.«

»Ich habe es vergessen. Ich weiß es nicht mehr.«

»Ich war am Schließfach. Ich habe dort den Adoptionsvertrag gefunden.«

»Was hast du gefunden?«

»Den Adoptionsvertrag. Meinen Adoptionsvertrag. Warum hast du ihn mir nie gezeigt?«

»Wieso ist das interessant? Es ist eine notarielle Urkunde, mehr nicht.«

»Ihr habt damals gesagt, dass es keine Unterlagen gäbe. Dass ihr nichts wisst. Wir haben nie ausführlich darüber gesprochen.«

»Das ist auch kein Thema, über das man spricht.«

»Aber warum denn nur?«

»Es hätte alles nur komplizierter gemacht. Das lag nicht in unserem Interesse. In deinem auch nicht. Warum fängst du nach all den Jahren wieder mit dieser Geschichte an. Du bist unser Kind. Der Rest ist egal.«

»Es ist nicht egal. Diese Heimlichkeiten in unserer Familie. Diese Tabus und was dahinterstand. Ihr habt getan, als gäbe es all das nicht. Alles musste man für sich behalten, alles vernebeln. Warum sollte ich über meine Adoption nicht reden?«

»Was ist verkehrt daran?«

»Es ist nicht die Wahrheit.«

»Die Wahrheit, die Wahrheit. Was redest du denn da. Diese Feilscherei um die Wahrheit. Als ob das so wichtig wäre, die Wahrheit. Ein Mann, der seiner Frau untreu ist und drei Mätressen hat, das ist auch die Wahrheit. Ein uneheliches Kind ist die Wahrheit. Damals sprach man über so etwas nicht. Damals hatte man Stil und Geschmack. Man wusste, was man zu verschweigen hatte. Man beherrschte sich. Es war schlimm genug, dass uns das Jugendamt vertraglich dazu zwang, es dir überhaupt zu sagen. Heute plappern alle von der Wahrheit. Man schaltet den Fernsehapparat an und sieht Leute, die die Wahrheit sagen. Vor aller Augen erbrechen sie sich. Sie heulen Rotz und Wasser, ziehen die Hosen runter, pinkeln gegen die Wand. Die Wahrheit. Hast du dir in deiner Arroganz je überlegt, was es für eine Frau damals bedeutet hat, kein Kind bekommen zu können? Was ich durchgemacht habe? Dieser Makel? Diese unglaubliche Demütigung? Vertrocknet. Unansehnlich. Nicht zu gebrauchen. Unwert. Dreck. Dein Vater hat mich frigide genannt. Ich habe alles unternommen, was Abhilfe versprach. Ich bin in Kur gefahren, ich habe Bäder genommen und Medikamente, mich zweifelhaften Operationen und gefährlichen Experimenten unterzogen. Ich habe alles getan, von dem es hieß, es sei eine Chance. Ich wäre bereit gewesen, die Hälfte meines Lebens dafür zu geben, nur um diesen elenden Makel loszuwerden. Eine unfruchtbare Frau. Die Adoption war der letzte Ausweg. Es war nicht meine Idee. Ich wusste, dass ich einen Makel mit einem anderen vertauschte. Ich wusste, du würdest dein Leben lang der lebendige Beweis meines Versagens sein, der umherlaufende Vorwurf deines Vaters, der ganzen Familie. Aber wenigstens war das Wissen darum durch eine Adoption auf einige wenige beschränkt. Warum hätten wir dauernd darüber reden sollen? Um uns an unserem Unglück zu weiden? Hätte ich mich an meinem Makel ergötzen sollen?«

Das also war der Grund ihres Unglücks. Ein Makel. Die Ursache ihres Minderwertigkeitsgefühls war ihre Unfruchtbarkeit. Nicht eine unerfüllte Liebe. Nicht die Trauer um einen fernen, geliebten Mann. Nicht die Sehnsucht nach Erfüllung. Einen körperlichen Makel nannte sie das. Sie hatte nie darüber gesprochen. Ihre Unzufriedenheit, ihre bedrückte Stimmung rührte von dem Umstand her, kein eigenes Kind zu haben. Sie hatte sich minderwertig gefühlt, weil ihr Körper ihr diesen Wunsch verweigert hatte. Sie war anders. Ein Mensch zweiter Ordnung, und ich auch. Deswegen hatten wir mit dem vorliebnehmen müssen, was andere übrig ließen. Deswegen wurde sie von der Nachbarin nicht gegrüßt. Ihr Makel hatte sie gezeichnet. Ihr Leben lang. Nun, da ihr Leben zu Ende war, verblasste er langsam. Deswegen durfte ich nun alle Unterlagen sehen, alle Fragen stellen. Mit den Menschen ihres Alters, die zunehmend starben, starben die Leute aus, die ihr Unwohlsein begleitet hatten.

»Was weißt du darüber?«

»Worüber?«

»Darüber, woher ich komme. Wer ich bin. Über die Frau, die mich geboren hat und den Mann, der mich zeugte.«

»Nichts.«

»Wirklich – nichts?«

»Fast nichts. Der Name deiner Mutter taucht irgendwo in den Unterlagen auf. Sie kam aus Bonn. Aber das haben wir dir doch damals gesagt.«

»Aber sie wohnte in Osnabrück.«

»Siehst du, du weißt mehr als ich.«

»Wusstet ihr, warum ich in Köln geboren wurde?«

»Vermutlich, weil ihre Eltern nicht wissen durften, dass sie schwanger war. Es hieß, sie hätte das Kind nicht einmal sehen wollen. Sie muss unerbittlich gewesen sein. Starrsinnig. Eine energische, egoistische, herzlose Person. Das ganze Krankenhaus sprach davon, in welchem Ton sie sich geweigert hätte, ihr Kind zu sehen. Unglaublich. Es hieß, sie sei Sportlehrerin gewesen. Diese Unerbittlichkeit, sagte die Stationsschwester zu uns, hätte sie nie zuvor erlebt.«

»Und was wusstet ihr von meinem Vater?«

»Nichts.«

»Mami, bitte. Ich frage dich doch nicht, um dir wehzutun. Es ist wichtig für mich.«

»Das haben wir dir doch gesagt. Hast du das alles vergessen? Unbekannt. Kein Name. Es hieß, sie wollte ihn schützen. Vermutlich wegen seiner Position. Er ist Diplomat gewesen. Franzose. Aus Paris. Sehr musikalisch. Wie gesagt, sie kam aus Bonn. Zur Zeit ihrer Liaison war er wohl dort tätig.«

»Aber sie – sie wohnte in Osnabrück.«

»Keine Ahnung. Warum ist das noch wichtig? Es ist so lange her.«

Lange her war die Enttäuschung jener Jahre. Es begann nach ihrer Hochzeit. Das beständige Warten auf eine Schwangerschaft. Monat für Monat. Die Fragen ihrer Schwiegermutter, jeden Tag. Die Freundinnen im Hockeyclub, die ein Kind nach dem anderen bekamen. All die Sommer mit den lachenden Kindern am Rand des Hockeyfelds. Die ersten gingen schon in die Schule, spielten selber Hockey, und sie war immer noch nicht schwanger. Die Freundinnen gaben ihr Tipps. Sie sollte allein in die Ferien fahren. Es sei gut für »den Verkehr«, wenn Mann und Frau sich einige Zeit nicht sehen würden. Also fuhr sie nach Nizza. Allein. Sie verabscheute es, allein zu reisen. Kaum war sie da, wäre sie am liebsten zurückgekehrt. Die Scham, allein im Restaurant essen zu müssen. Der Aperitif auf der Terrasse des Hotels jeden Tag – was für eine Qual. Alle hatten sie angestarrt, gedacht, dass sie so eine sei. Ein Herr hatte ihr Avancen gemacht. Danach floh sie auf ihr Zimmer und wagte den ganzen Abend nicht mehr, hinunterzugehen. Aber die Reisen alleine mussten sein. Es hieß, Trennungen erhöhten die Chance, schwanger zu werden. Der schönste Tag im Negresco war immer der ihrer Abreise gewesen. Die Koffer gepackt, hatte sie im Foyer unter dem großen Lüster auf das bestellte Taxi gewartet. Zum Bahnhof. In die Couchette. Umsteigen in Paris und fast zu Hause. Die freudige Erwartung. Und dann im nächsten Monat: wieder nichts. Dann kamen die Operationen. Die Schmerzen danach. Mit jeder Operation schwand ein Stück Hoffnung. Als es keine Hoffnung mehr gab, kam der Entschluss zur Adoption. Diese Demütigung. Vorher noch eine widerliche Prozedur. Untersuchungen, Fragebögen, peinliche Interviews. Gott sei Dank hatten sie Geld. Das richtige Alter. Geordnete Verhältnisse. Platz im Haus. Die Person, die sie verhört hatte, war eine widerliche Schlampe, fettige Haare, ungepflegt. Sie hatte sich vor der Frau geekelt, aber die saß am längeren Hebel. Schließlich, im Spätsommer, hieß es, sie dürften hoffen. Eine Frau sei kurz vor der Niederkunft und hätte den Vertrag schon unterschrieben. Geburtsort Köln. Die Frau sei blond. Sehr blond. Sportlich. Keine auffällige Person. Physisch sei das ein Glücksfall. Man würde nichts, rein gar nichts sehen. Später wären keine Diskrepanzen zu befürchten. Keine Erklärungen nötig. Zehn Tage nach der Geburt würden sie das Kind holen können. Die Anweisungen waren lückenlos. Auto auf dem Parkplatz vor der Stadt abstellen. Ein Taxi zur Klinik nehmen. Sich dort anmelden, ausweisen. Kindesübergabe auf der Säuglingsstation. Taxi in die Innenstadt, zwei Mal wechseln, dann zurück zum eigenen Wagen. Diese Maßnahmen mussten unbedingt eingehalten werden. Es musste sichergestellt sein, dass ihnen niemand folgte. Man konnte nie wissen. Erpressungen waren schon vorgekommen. Entführungen auch. Mütter, die es sich trotz Unterschrift anders überlegt hatten. Väter waren plötzlich durchgedreht. Wenn sie alles beachten würden, hätten sie nichts zu befürchten. Der Adoptionsvertrag würde notariell geschlossen, ungefähr ein Jahr danach. Sofern sie alles richtig machten und sich nichts zuschulden kommen ließen. Ab und zu käme jemand vom Jugendamt vorbei.

Dann war es endlich soweit. Sie befolgten die Anweisungen genau. Schließlich wollten sie kein Risiko eingehen. Sie sprachen an diesem Tag noch weniger als sonst. Schweigend und voller Aufregung fuhren sie nach Köln, stellten den Wagen ab, nahmen ein Taxi, fuhren zur Klinik. Man übergab ihnen das

Kind. Wieder nahmen sie ein Taxi, wechselten sie die Wagen, ließen sich zum Parkplatz fahren. Immer noch klopfenden Herzens fuhren sie wieder nach Hause, den Rückspiegel im Blick.

In dem Tagebuch, das mein Vater für ein paar Wochen zu führen begann, steht, der 21. September sei ein Tag mit strahlender Sonne gewesen. Meine erste Zeit nach dem Krankenhaus verbrachte ich draußen unter einer Pergola. Sie lebten in einer ruhigen Gegend. Das Haus war noch ganz neu. Hinter dem Haus ein frisch angelegter Garten. Dahinter Stoppelfelder. Dahinter der Deich. Hinter dem Deich die Auen und der Rhein. Schleppkähne darauf, eine Fähre zum anderen Ufer und Passagierschiffe, mit denen man den Fluss hinauf bis nach Basel und hinunter nach Holland fahren konnte. Eine idyllische Landschaft in der Nähe einer mittelgroßen Stadt, die gerade begann, aufzublühen. Das deutsche Wirtschaftswunder. Vielleicht war es nicht das einzige Wunder, an das sie damals glaubten. Fünfzehn Jahre nach ihrer Hochzeit hatten sie endlich ein Kind. Das Kind war zwar nicht blond, wie versprochen, aber viele Kinder hatten bei der Geburt dunkle Haare. Manchmal fielen die aus. Jedenfalls waren sie endlich eine Familie. Alles war doch noch so gekommen, wie sie es wollten.

Einen Fehler aber hatten sie offenbar doch begangen. Ein B Punkt hatte Jahrzehnte dichtgehalten. Bis seine Stunde kam. Meine Mutter hatte über vierzig Jahre in der falschen Überzeugung gelebt, ihren Makel gehütet zu haben. Wie war es nur zu dieser undichten Stelle gekommen?

»Hallo? Barbara? Hier ist Bernd Hecking. Endlich hat es geklappt.«

»Ja, guten Tag. Ich war – einige Tage unterwegs. Ich war erstaunt über deinen Anruf. Ich wusste nicht, dass du meine Adresse hast.«

Er wollte mich unbedingt sehen. Er hätte mir etwas sehr Wichtiges zu sagen, das wagte er nicht am Telephon. Er sei in der Stadt. Ob er mich zum Essen einladen dürfte.

Es hätte eigentlich schneien sollen. Stattdessen fühlte sich das Wetter immer noch wie Spätsommer an. In den nächsten Tagen war Weihnachten. Obwohl es so lau draußen war, entschloss ich mich zu dem violetten Kostüm mit Pelzbesatz. Bernd Hecking hatte zum Abendessen das Parkhotel vorgeschlagen. Das war eine gute Idee. Es erlaubte mir, zu Fuß zu gehen. Während ich die Reiterallee hinunterging, auf den Springbrunnen zu, dessen Speier schon mit einer Holzverkleidung gegen den Winter geschützt waren, erfreute ich mich an den kahlen Platanen, dem restlichen Laub auf den Wegen und meinem dazu farblich passenden Kostüm. Ganz reizend dazu die gleichfarbigen Handschuhe und Tasche. Alles passte zusammen. Ich konnte das Hotel, in dem Bernd Hecking mich erwartete, schon von ferne sehen. Es ist ein hübscher Bau, direkt am Rande des Hofgartens gelegen. Natürlich nicht mit einer der ersten

Adressen der Welt zu vergleichen, in der meine Mutter um ihre ausbleibende Schwangerschaft litt. Aber das Essen ist sehr gut. Auch heute noch. Und der Ort war vollkommen für ein Treffen mit ihm. Das Hotel existierte schon zu unserer Kinderzeit.

Ich erkannte ihn nicht wieder. Er hätte irgendein Mann sein können, den ich noch nie gesehen hatte. Groß und blond, in einem grauen Anzug mit weißem Hemd und schräg gestreifter Seidenkrawatte in den Farben eines Phantasieclubs. Er trug einen Ehering an der rechten Hand. Ich bemerkte es, als er sie mir zur Begrüßung entgegenstreckte. Natürlich war er vor mir da. So wie es sich gehört. Natürlich war er aufgestanden, als der Chef de Rang mich an den Tisch führte. Einen Augenblick überlegte ich, aus welchen Verhältnissen er kam. Genau konnte ich mich nicht erinnern, ob Formen in seinem Elternhaus eine Rolle gespielt hatten. Seine Mutter war das gewesen, was meine eine einfache Frau nennen würde, zielstrebig und selbstbewusst. Das Gegenteil meiner Mami. Meine Mutter hatte auf Frau Hecking herabgesehen in der Art, wie es unsichere Menschen manchmal tun, wenn sie glauben, an einem Gegenüber einen unverzeihlichen Fehler entdeckt zu haben. Bernds Vater war Heilpraktiker gewesen, damals noch kein sehr populärer Beruf. Er versuchte, sich mithilfe dubioser Verbindungen einen Doktortitel zu kaufen, was bei meinen Eltern Lachsalven hervorrief. Für wenige Tage waren wir ein fröhliches Haus. Aber ich erinnerte mich gut, wie einig Bernds Familie war. Der Junge war ihr Augenstern, er sollte gut versorgt und positioniert werden. Ich gebe zu, dass ich ein wenig neugierig war. Der Plan schien aufgegangen. Bernds Manieren waren vollendet, und auch wenn ich mich nicht an sein Gesicht erinnern, nicht einmal überprüfen konnte, ob dies der Freund aus Kindertagen war, mit dem ich vor dem Spiegel Grimassen geschnitten hatte, so fühlte ich mich doch in seiner Gesellschaft sehr wohl. Seine Frau musste gewiss nicht darum ringen, dass er ab und zu einmal mit ihr zum Essen ausging, sie musste nicht darum zittern, dass er sie betrog. Vermutlich spielte er mit seinen Söhnen Golf und kaufte ihnen eigenhändig die Hockeyklamotten.

»Barbara, das gefällt mir. Der Name passt besser zu dir. Ute klang immer so, als hätten sie sich in der Person geirrt.«

Ich zuckte ein bisschen zusammen.

»Seit wann hast du den Namen geändert?«

»Seit ich in Paris gelebt habe. Das ist mehr als zwanzig Jahre her. Es ist der letzte der drei Namen, auf die ich getauft worden bin. Ich mochte ihn lieber. Er hat drei Silben und endet auf a. Es tut mir leid, dass du dich so bemühen musstest, mich zu erreichen. Ich war einige Tage unterwegs.«

»Aber – du warst doch wohl nicht in Paris?«

»Wie bitte? Doch, ich war in Paris, ich war –«

»Du warst auf der Beerdigung?«

»Woher weißt du?«

»Barbara«, er wiederholte den Namen noch zwei, drei Mal, als gäbe ihm das einen besonderen Geschmack auf die Zunge. »Ich muss dir ein Geständnis machen. Ich schäme mich so sehr, dass ich gar nicht weiß, wie ich anfangen soll. Es war ein Dummerjungenstreich, eine vollkommen überkandidelte Idee. Ich weiß nicht, was mich geritten hat. Ich kam mir wohl sehr kreativ vor.«

Ich blickte erstaunt in dieses unbekannte Gesicht. Worauf wollte er hinaus?

»Es hat mit einer Zeitungskritik deines letzten Romans zu tun. Ein großer schöner Artikel. Aber das Photo gefiel mir noch mehr. Als ich das Photo entdeckte, erinnerte ich mich plötzlich an jenen Tag, als wir das HuHu-Spiel vor dem Spiegel im Ankleidezimmer deiner Mutter machten. Damals – diese Situation fand ich komisch, sie hatte etwas Geheimnisvolles, auch wenn ich nicht ganz verstand, worum es eigentlich ging. Das Photo in der Zeitung, plötzlich sah ich, was ich damals nicht verstanden hatte. Ich dachte, mein Gott, sie hat so recht gehabt, sie sieht wirklich nicht wie ihre Eltern aus. Ich sah dich vor mir, wie du diese wilden Vermutungen anstelltest, ob du als Kind vertauscht worden seiest, und hatte diese unselige Idee, die Romanschriftstellerin, die du geworden bist, würde es goutieren, wenn ich mir diese Geschichte ausdächte. Ich wollte dich auf der Beerdigung dieses Geschäftspartners treffen und alles aufklären. Aber dann kam etwas dazwischen und ich fuhr nicht nach Paris. Ich hoffte inständig, du würdest den Brief in den Müll geworfen haben. Ehrlich gesagt hätte ich nie damit gerechnet, dass du einer so dubiosen Aufforderung folgst. Das musste ich dir persönlich beichten. Es tut mir leid. Ich weiß nicht, wie ich diese Idiotie wieder gutmachen kann.«

Er bestellte eine Flasche Dom Perignon.

»Bitte sag etwas.«

»Du hattest recht.«

»Wie bitte?«

»Ich bin nicht das Kind meiner Eltern. Mein Vater soll wirklich Franzose gewesen sein, Diplomat, aus Paris, eine Weile tätig in Bonn. Meine Mutter kam aus Osnabrück.«

Ich glaube, er verstand nicht sofort. Dann wurde er auf einmal blass. Er legte seine Hand auf meine. Es war mir unangenehm. Ich ließ es noch nie gerne zu, dass ein Mann, den ich kaum kannte, mich berührte. Die Initiative von Männern überhaupt erschreckte mich. Es deutete darauf hin, dass ich mich schlecht benahm oder zu auffällig angezogen war, Signale, die mir meine Mutter schon zum Vorwurf machte, als ich noch ein kleines Mädchen war. Sie hatte immer behauptet, ich hätte die Neigung, mich ins rechte Licht zu rücken, immer in den Mittelpunkt zu drängen. Besonders, wenn Männer in der Nähe wären, hätte ich diesen ganz bestimmten Blick, aufreizend, und dann sah sie mich lange an, als würde sie sich fragen, woher dieser Augenaufschlag käme, diese Art, auf mich aufmerksam zu machen. Schon im Kinderwagen wäre das so gewesen.

Ich wagte nicht sofort, ihm meine Hand zu entziehen. Erst als ich den Kellner mit dem Champagnerkübel kommen sah, zog ich meine Hand fort und legte sie auf meinen Schoß. Der Pelzbesatz kitzelte gegen meine Knöchel. Für einen kurzen Moment dachte ich, alles sei gut, und mein Gefühl hätte sich in der Situation geirrt. Aber nachdem der Kellner uns eingeschenkt und die Menubestellung entgegengenommen hatte, wandte Bernd sich wieder an mich. Er war untröstlich, nicht zu beruhigen in seinem Eifer, mir zu versichern, wie entsetzlich er das alles fände, und fragte mich, seit wann ich davon wüsste.

»Sie sagten es mir, als ich vierzehn Jahre alt war. Es war schrecklich für sie. Meine Mutter verbot mir, darüber zu sprechen. Also beschloss ich, es zu vergessen. Ich tat genau wie sie. Ich tat so, als existierte es nicht.«

»Es war also lange nach dem Tag vor dem Spiegel?«

Ich nickte. »Ja, Jahre danach.«

Es war ein Abend im frühen Sommer 1972. Ich erinnere mich an das Jahr so genau, weil ich kurze Zeit später eine Tante und andere Verwandte in New York besuchte und zum ersten Mal die Baustelle mit den Twin Towers sah. Mein Vater rief mich zu sich, seltsam feierlich und steif. In meiner Erinnerung klingt seine Stimme tonlos, fast belegt, aber das mag eine Täuschung sein. Ich weiß inzwischen um die Unzuverlässigkeit des Gedächtnisses, auch um jenen zornigen Trotz, der sich auf eine bestimmte Version des Geschehens versteift, weil diese und nur diese am besten zu den folgenden Ereignissen zu passen scheint. Ich war oben gewesen und hatte angefangen, meine Sachen für die Reise zusammenzulegen. Ich sah den kommenden Wochen mit gemischten Gefühlen entgegen. Ich hätte die Reise lieber zusammen mit meinen Eltern gemacht als allein diese ganzen Verwandten zu besuchen, die ich nur flüchtig kannte. Auch mit der Stadt war ich damals noch nicht vertraut. Sie schien mir groß und unübersichtlich, und ich wusste nicht so recht, was ich dort sollte. Ich war weit entfernt davon, Manhattan schwärmerisch mit jener Bedeutung aufzuladen, die die Stadt einmal für mich haben sollte, mein eigentliches, fast mythisches Zuhause, ein Zufluchtsort, den ich künftig aufsuchen würde, wenn ich meinte, dem Druck der Wirklichkeit nicht mehr standzuhalten. Ich solle ins Kaminzimmer kommen, sagte er. Meine Mutter saß schon da, auf der Kante des einen Sofas, als sei sie bei sich selbst zu Besuch. Mein Vater wies auf den Platz neben sich und schwieg. Schließlich, nach einer verwirrend langen Pause, meinte er, er müsse mir etwas sagen. Wieder schwieg er. Dieses Etwas musste schrecklich sein. Es verschlug ihm die Sprache, eine neue Pause legte ihn lahm. Jegliche Vertrautheit zwischen uns schien in der kurzen, langen Zeit zu gerinnen, in der sie hörbar atmete und ihm das Sprechen bitter wurde. Was war geschehen? War einer von beiden unheilbar krank? Mussten wir fort aus unserem Haus? Würden sie sich etwa – wie scherzhaft manchmal in die Luft geworfen – trennen?

»Ute, jetzt hör mir mal zu. Du bist nicht unser Kind. Wir haben dich angenommen, als du ein Baby warst.«

Ich sollte mich darüber freuen. Anders als andere Kinder könnte ich davon ausgehen, wirklich gewollt zu sein. Ich hätte guten Grund zur Dankbarkeit.

»Das ist etwas ganz Besonderes«, hörte ich plötzlich meine Mutter sagen. Sie fügte hinzu, dass meine Mutter mich nicht hätte haben wollen. Ich sei ein uneheliches Kind gewesen. Mein Vater Franzose, ein Diplomat, den sie nicht hätte kompromittieren wollen. Sie sei eine sehr energische, willensstarke Frau gewesen. Als ich bat, auf mein Zimmer gehen zu dürfen, hielt sie mich kurz zurück.

»Ute, behalte das, was wir dir eben erzählt haben, für dich. Über so etwas spricht man nicht.«

Nach dieser Eröffnung war für meine Eltern die Sache erledigt. Da auch ich schwieg, schien ihr Gedanke aufzugehen. Ich versank in Verzweiflung. Abwechselnd dachte ich, nichts von dem sei wahr, ich sei einer Einbildung erlegen. Dann wieder meinte ich, so schnell wie möglich meine Sachen packen und fortgehen zu müssen. Ich hatte jede Orientierung verloren. Wenn es mir vorher oft schon schwergefallen war, mich in die Familie einzuordnen, so wurde es jetzt unmöglich. Schatten geisterten durch meinen Kopf. Ich begann, jedem Wort zu misstrauen, jeder Geste, ganz egal, von wem sie kam. Ich fühlte mich beobachtet und meinte, mich verstecken zu müssen. Es war, als hätte eine Losung die Gültigkeit alles Sichtbaren verändert und nur das hätte noch Geltung, was unsichtbar unter allen Oberflächen, hinter allen Fassaden und unter der eigenen Haut sich befand. Es gab keine sicheren Koordinaten mehr. Das Schlimmste aber an all dem war, dass ich mich seltsam in einer dunklen Ahnung bestätigt fühlte, als hätte sich ein unüberschaubares Schicksal erfüllt. In meiner Not erzählte ich meiner Freundin in der Schule davon. Ich sagte ihr, dass meine Eltern nicht meine Eltern seien.

»Du spinnst, wer hat das behauptet?«

»Meine Eltern.«

»Ich denke, sie sind nicht deine Eltern.«

»Marion, Ute, wir würden alle gerne hören, was es Neues gibt.«

Meine Freundin stotterte herum, bevor sie wagte, laut zu sagen, was ich ihr erzählt hatte.

»Ute, wenn du dich unbedingt hervortun willst, wie wäre es mit einer besseren Note in Mathe?«

Die Klasse grölte vor Lachen. Nach dem Unterricht bekam ich eine Standpauke im Lehrerzimmer. Unsere Klassenlehrerin machte mir klar, dass es wirklich Kinder gäbe, die nicht bei ihren leiblichen Eltern lebten. Man müsste größte Achtung vor solchen Paaren haben, die sich opfern würden, um ein fremdes Kind aufzuziehen. Ich sollte mich schämen, mich damit wichtig zu machen und meine Spielchen zu treiben. Ich bekam eine Strafarbeit und sie nahm mir das Versprechen ab, nie wieder so einen Unsinn zu behaupten. Zu Hause erzählte ich von dem Vorfall nichts. Ich schwor mir, alles zu vergessen und so zu tun, als sei diese schreckliche Geschichte nicht wahr.

»Bist du nach Paris gefahren, weil du dachtest, es hätte wirklich etwas mit dir zu tun?«

»Ich weiß es nicht. Ich glaube nicht. Ich glaube, ich wollte nur wieder davon träumen, es kläre sich alles auf, unterschwellig, ohne dass ich mir die Finger schmutzig mache oder Schmerzen ertragen muss. Ohne Konflikt, ohne schlechtes Gewissen. Vielleicht bin ich gefahren, weil ich gerade sicher war, es hätte nichts mit mir zu tun, obwohl es den Anschein hatte, dass es etwas mit meiner Geschichte hätte zu tun haben können. Ziemlich verdreht, nicht wahr? Aber so ist die Situation, unklar, verdreht und verblasen. Möglich ist alles, sicher ist nichts. Bevölkert mit Schattenfiguren, täuschenden Ähnlichkeiten, vermeintlichen Zusammenhängen. Vielleicht fuhr ich, weil es Passy gewesen ist. Vielleicht auch nicht. Passy kannte ich, ich wusste, wohin ich gehen musste, es war mir vertraut, auch wenn der Anlass fremd war. Auch das Monçeau-Viertel kannte ich gut. Ich habe ja während meiner Pariser Jahre in der Nähe gewohnt und war oft im Park spazieren gegangen, hatte mir diese gutsituierten Kinder angesehen, die dort umherliefen und auf eine sehr gesittete, wohlerzogene Art tobten, während ihre Kinderfrauen sich unterhielten. Das Monçeau-Viertel war für mich der Inbegriff einer geglückten Ordnung. Ich hätte gern mit einem dieser kleinen Mädchen getauscht. Meine Eltern ließen sich zu der Zeit gerade scheiden …«

»Barbara, mir tut das alles so leid.«

»Ich habe oft geträumt, durch Fügung kläre sich alles auf, ohne mein Zutun. Als ich selbst die ersten Schritte unternahm, hatte ich den Eindruck als wühle ich im Dreck. Ich hatte ein schlechtes Gewissen meinen Eltern gegenüber. Ich hatte Angst, die Wirklichkeit nicht ertragen zu können, die Unvereinbarkeiten nicht auszuhalten. Und so war es dann ja auch.

Ich hielt es nicht aus. Nicht den Spagat zwischen der leiblichen Mutter und meinen Eltern. Nicht diesen Menschen selbst, der mich geboren und nicht hatte behalten wollen. Sie kam mir so verdreht vor, fordernd und gleichzeitig sentimental, herrisch und bedürftig. Und ich schämte mich, dass ich das alles überhaupt wissen wollte. Ich kam mir so undankbar vor – meinen Eltern gegenüber.«

»Du nennst sie deine Eltern.«

»Wie denn sonst. Ich weiß selbst nicht, wie es heißen soll. Ich weiß nichts. Ich bin nichts. Bis heute habe ich nicht gelernt, damit umzugehen, ohne es zu verdrängen. Sie wünschten es sich so sehr. Sie erlebten zwar, dass das, was sie in die Wege geleitet hatten, nicht funktionierte. Es hat ihre Ehe nicht gerettet. Aber dennoch wollten sie nichts von der Wahrheit wissen. Nie.«

Ich sprach von den Reisen meiner Eltern und der wiederkehrenden Verlorenheit. Dass ich mich an jene Abschiede erinnert fühlte, als ich noch ein kleines Mädchen war.

»Ich brauchte ihre Gegenwart, um mich zu vergewissern, dass ich ihre Zustimmung hatte. Wenn sie fort waren, geriet ich in Panik. Manchmal«, ich lachte trocken auf und drohte mich an meinem Atem zu verschlucken, »manchmal habe ich mir sogar eingebildet, später war das, als ich um die inneren Umstände adoptierter Säuglinge wusste, dass sich in dieser Panik jene erste Todesangst wiederholen würde, die ein Baby erfasst, wenn man es für immer von seiner Mutter trennt. Das ist natürlich Unsinn. Menschen wie ich neigen zum Aberglauben, zur Überhöhung von Bedeutungen. Sie sehen in jedem flüchtigen Schatten ein Merkmal besonderer Art. Sicher ist nur, dass ich immer fühlte, nicht das zu sein, was ich hätte sein sollen. Ein ihnen ähnliches Kind. Ich dachte, das sei der Grund, warum sie mich nicht mitnahmen. Ich war davon überzeugt, dass ich ihnen nicht gut genug war, dass sie sich meiner schämten. Ich kannte keine anderen Kinder, deren Eltern allein auf solche Reisen gingen, deswegen war ich davon überzeugt, es läge an mir. Nachdem sie abreisten, wartete ich nur noch, ob sie zurückkämen oder dieses Mal vielleicht für immer fortbleiben würden. Natürlich hatten sie keine Ahnung davon. Für sie waren es einfach interessante Reisen in ferne Länder, weiter nichts.«

Bernd Hecking konnte sich daran erinnern, dass meine Eltern diese Reisen machten, manchmal wochenlang. Seine Eltern hätten sich darüber ausgebreitet, dass es sicherlich nicht gut für ein kleines Mädchen sei, immer wechselnden Menschen ausgeliefert zu sein. Seine Mutter vor allem hatte sich gewundert. Sie sagte damals, dass sie gar nicht in der Lage sei, sich vorzustellen, ihr Kind allein zu lassen. Ich merkte, wie Ärger in mir hochkam. Ich wollte nicht, dass ein Fremder so über meine Eltern sprach. Ich wollte, dass alle gut von ihnen dächten.

»Vielleicht solltest du dir bei den Nachforschungen helfen lassen. Ich kenne da jemanden. Die Behörden schalten ihn ein, wenn es nach einem Sterbefall darum geht, Erben für ein unbeanspruchtes Vermögen auszumachen.«

So kam es dazu, dass Bernd Hecking mir erzählte, was aus ihm geworden war. Ein Antiquitätenhändler, der sich auf Schmuck und Bilder spezialisiert hatte. Auf diese Weise hatte er Alphonse Steiner kennengelernt, und auf diese Weise machte er auch Bekanntschaft mit Frieder Graf, jenem Mann, der ähnlich einem Trüffelschwein eine außergewöhnlich gute Nase hatte, wenn es darum ging, das Unauffindbare aufzufinden.

»Er weiß sofort, welche Wege man gehen muss. Er hat einen eigenen Apparat, den er jederzeit in Gang setzen kann.«

Ich verstand nicht ganz, was er meinte.

»Ja, aber du willst doch jetzt sicher endlich wissen, wer deine Eltern sind.«

Ich wunderte mich nicht wenig über sein Engagement, ließ ihn aber gewähren. Ich wollte essen, nicht wieder die Vergangenheit aufrollen, diesen *Fall*. Nach dem Lachs in Taschenkrebs-Basilikumsoße und der Zitronengrassuppe waren wir bei einem Rinderfilet mit Garnelenfüllung angekommen. Bernd beachtete diese Köstlichkeiten kaum, stattdessen entwarf er einen Schlachtplan so gekonnt, als hätte er Strategie im Hauptfach studiert.

»Nein, ich weiß nicht, ob ich das will. Ich habe ja schon den einen oder anderen Versuch unternommen. Ich brach die Nachforschungen immer wieder ab. Ich war zu scheu, um weiter vorzudringen. Bis zu deinem komischen Brief hatte ich fast vergessen, dass ich je adoptiert worden bin.«

»Aber du musst wissen, wer du bist. Wer deine Eltern waren oder sind. Damit du Ruhe finden kannst.

Klarheit. Damit du die Wahrheit kennst. Das ist für jeden Menschen wichtig, um sich orientieren zu können. Du bist nicht das Kind dieser Eltern. Du trägst ein vollkommen anderes Erbe mit dir herum. Andere Gene, eine andere Vorvergangenheit. Solange du darüber nicht Bescheid weißt, wird dieses Gefühl von Verlorenheit bleiben. Meine Güte, ich erinnere mich an das Lamentieren meiner Frau, als sie zum ersten Mal schwanger war. Bei jeder CD, die ich in den Player schob, machte sie mich darauf aufmerksam, welchen Einfluss die Umgebung auf das Kind im Mutterleib hat. Ich bin fast wahnsinnig geworden. Sie ist sogar aus dem Haus gegangen, in den Wald, wenn bei uns zu Hause gestaubsaugt wurde. Natürlich haben Schwangere einen Knall, aber es wird schon was dran sein an diesen Theorien von dem Erleben des Kindes im Mutterleib. Muss ich dir das sagen, als Mann?«

»Ich habe keine Kinder.«

Er öffnete den Mund, als wollte er etwas sagen, dann schloss er ihn wieder. Er fuhr sich nervös durch die Haare.

»Tut mir leid«, sagte er etwas aus dem Zusammenhang.

»Mir auch. Bernd, es gibt Tausende von Menschen, die ihre leiblichen Eltern nicht kennen oder verloren haben. Denk an die Kriege. Vietnam. Kosovo. Afghanistan. Das ist eben so.«

»So einfach ist das nicht. Das glaube ich dir nicht. Hast du nicht damals schon, als wir vor dem Spiegel Fratzen schnitten, unterschwellig so eine Ahnung gehabt?«

»Ach, das war doch Spaß.«

»Und deine Desorientierung, ist das auch nur Spaß?«

Während er behauptete, ich wollte meine alten Eltern schonen, kämpfte ich mit Tränen. Er ließ nicht los. Sei ich nicht damals sehr bekümmert darüber gewesen, niemanden in der Familie zu haben, dem ich ähnlich war? Auch wenn ich das heute verdrängt hätte und nicht mehr wissen wollte: Er könnte es bezeugen. Er sähe heute noch mein trauriges Gesicht. Er erinnerte sich an die verlogene Antwort meiner Mutter. Ob ich die auch vergessen hätte.

Kleinmütig schüttelte ich den Kopf. Ich wusste, er hatte recht. Aber ich wollte immer noch gerne *normale* Eltern haben. Ich konnte auch im Nachhinein ihr »So tun als ob« kaum ertragen. Das passte nicht zu denen, die ich liebte. Er überredete mich. Beim Dessert, Cassis-Birne mit Vanilleeis, willigte ich in seinen Vorschlag ein. Ich glaube, ich tat es, weil mir so wohl dabei war, wie er sich meiner annahm. Bernds Zuwendung linderte tatsächlich mein flaues Gefühl, ähnlich wie H.d.M es durch ihr Taschentuch vermochte. *Pauvre gosse.* Wirklich überzeugt von dem Vorhaben selbst war ich nicht. Warum sollte ich jetzt, nach all den Jahren, meine leiblichen Eltern suchen? Ich hatte es versucht. Ich wusste, es brachte neue Katastrophen, denen ich mich nicht gewachsen fühlte. Sie hatten wohl nie zusammengelebt, sich auch nicht geliebt, ich war ein Versehen gewesen. Sollte ich sie nun als Bastardzeichen daran erinnern, dass sie sich vergessen hatten, der Diplomat und die angehende Sportlehrerin? Sie konnten nur meinen symbolischen Tod im Auge gehabt haben, mein Verschwinden auf immer. Warum sonst entledigt man sich seines Kindes? Vielleicht sogar war mir diese erste Mutter finster gesonnen – wenn sie mich nicht schon vergessen hatte. Aber Bernd versprach mir, die Angelegenheit aufklären zu lassen, ohne dass ich selbst in Erscheinung träte. Wenn ich die Informationen zusammen hätte, könnte ich immer noch entscheiden ... Auf dem Heimweg musste ich daran denken, dass meine Mutter bei dem HuHu-Spiel immer gesagt hatte, wenn wir es zu doll trieben, blieben die Gesichter stehen. So kam es mir vor. Ich hatte es zu doll getrieben, und nun war die Fratze stehen geblieben.

Es war während des Scheidungskriegs meiner Eltern gewesen, dass ich anfing, nach meiner Herkunft zu forschen. Im Rheinland tobte eine unerbittliche Schlacht um Vermögen und Schuld, während ich in München saß, und, anstatt zu studieren, dunkle Visionen auszubrüten begann. Nach einigen Monaten hatte ich mich durchgerungen und schrieb an das Standesamt meiner Heimatstadt. Ich bat um Aufklärung und Zusendung meiner vollständigen Abstammungspapiere. Das Standesamt leitete die Papiere weiter zum Jugendamt. Von dort erhielt ich einen moralinsauren Brief. Die Beamtin warf mir vor, zu Unrecht im Leben meiner vom Leben geplagten leiblichen Mutter stöbern zu wollen. Ich sollte dankbar sein, dass ich es so gut getroffen hätte. Ich erkundigte mich bei einem Anwalt, der mir zusicherte, ich hätte ein Recht darauf zu wissen, wer meine leiblichen Eltern seien. Mit dieser Information wiederholte ich mein Anliegen beim Jugendamt und drohte gleichzeitig mit einer Klage. Ich kam mir mutig vor, aber eigentlich war ich bedrückt. Ich ging mit klopfendem Herzen zum Postamt am Elisabethmarkt und gab die Briefe mit den ungeheuerlichen Forderungen auf. Ich wühlte in verbotenem Terrain. Dass das juristisch erlaubt und gleichzeitig gesellschaftlich geächtet war, verwirrte mich noch mehr. Mein Misstrauen war alarmiert und steigerte sich gegen alles und jeden. Ich war sicher, man sah mir meine schmutzigen Geschäfte an, durchblickte, was ich tat, und verachtete mich dafür. Ohne dass es mir bewusst war, zog ich mich von allen zurück. Ich traf keine Kommilitonen mehr, ging kaum noch in Seminare, verbrachte die Abende allein zu Hause. Ich ließ mein Telephon ins Leere klingeln, so lange, bis niemand mehr anrief. Nach weiteren Wochen des Wartens, in denen ich jeden Mittag nervös zum Briefkasten lief, hielt ich endlich die Kopie des gesamten Eintrags in der Hand. Marlen Johanna Liesbeth Emma Liebig, geboren in Berlin-Pankow, wohnhaft in Osnabrück, war meine leibliche Mutter. Vater: unbekannt. In der Kopie stand nichts davon, dass er ein französischer Diplomat gewesen war.

Es war Herbst. Ich studierte wie in Trance. Es gab nichts mehr, was mein Interesse wecken konnte. Ich war ausschließlich besetzt von dem sinistren Familiendrama, aus dem ich heraus, in das ich hineingeboren worden war und das in der bösartigen Scheidung meiner Eltern gipfelte. Eines Tages löste ich eine Zugfahrkarte. Ich reiste in einer Mischung aus Abscheu und Erregung. Berlin war damals noch eine geteilte Stadt. Ich mochte die Ansammlung düsterer Gemäuer nicht, die Verliebtheit der West-Berliner in ihr selbst gewähltes Exil, die hochmütige Abkehr der Insel vom Rest des Landes, und erst recht nicht die selbstgefällige Öde von Ruinen, Plaste und Elaste im Osten. Die Stadt war ein Fossil, ein riesiges, vorsintflutliches Tier, dessen Lebensbedingungen nicht mehr gegeben waren und das künstlich ernährt und beatmet wurde. Seine verschorfte Haut dünstete eine Vergangenheit aus, der unmöglich beizukommen war, von der Gegenwart ganz zu schweigen. Dass genau das einmal neben anderen der Grund sein sollte, warum ich diese Stadt lieben würde, ahnte ich damals nicht entfernt. So wenig ich mit meiner dubiosen Herkunft zu tun haben wollte, so wenig wollte ich an diesen Ort. Es schien mir perfide, dass ein Teil meiner Familie ausgerechnet hierher kommen sollte. Eigentlich rechnete ich nicht einmal damit, überhaupt einen Hinweis auf die wirklichen Zusammenhänge zu finden. Zwischen dem Alltag der Familie Liebig in Berlin und der Gegenwart lagen die Nazi-Zeit, der Zweite Weltkrieg und eine in vier Sektoren gespaltene Topographie. Wie sollte man durch so viel Zerstörung und Zerstückelung hindurch noch etwas finden? Ich machte mich dennoch auf die Suche. Vielleicht lag in der Bewegung selbst eine Art von Trost, ähnlich Trauerritualen, durch die man den Grund der Trauer zwar nicht auflösen, wohl aber greifen und annehmen kann. Ich begann in der Staatsbibliothek an der Potsdamer Straße. Dort ging ich die Adressbücher der dreißiger Jahre durch. Es gab unzählige Familien mit Namen Liebig in Groß-Berlin, aber nur drei, die vor dem Krieg in Pankow gewohnt hatten.

Durch einen trüben Morgen ging ich von der Pension in der Schlüterstraße zum Savignyplatz. Dort nahm ich die S-Bahn. An der Friedrichstraße überquerte ich die Grenze. Geldumtausch. Zelle mit gläserner Trennwand. Pass. Sicherheitsbeamter mit paranoidem Blick. Der muffige Geruch von Mottenkugeln und Feuchtigkeit. Alles widerte mich an, wie es verständnislose Bewunderung auslöste. Dass so etwas möglich war. Ausgeliefert an phantasielose, geschmacklose, alles betäubende Ignoranz. Diese Typen. Die Sprache. Die Uniform. Die bizarre Überheblichkeit unter der künstlich aufgeblähten Haut. Meine Scham, nicht genug Courage zu haben für eine sinnlose, laut protestierende Attacke. Schließlich, nach einigen Minuten vor der Trennwand, die langsam sich einstellende Klaustrophobie. Das Schrumpfen der eigenen Poren. Atemnot. Kaum mehr als drei Mal in meinem Leben bin ich diesen Weg nach Ost-Berlin gegangen, öfter hielt ich das nicht aus. Gern hätte ich etwas eingeschmuggelt, vor dem *die* sich hätten entsetzen können, ahnend, dass *denen* in ihrer stumpfen Arroganz gar nichts widerlich war. Und ausgerechnet hier, auf diesem Terrain, sollte ich nach Spuren meiner Familie fahnden. Als ich im Osten Berlins die

Straßenbahn nach Pankow nahm, begann es heftig zu regnen. Es ging hinaus, durch Gegenden, in denen ich nie zuvor gewesen war und in die ich auch gar nicht wollte. Ich versuchte, durch die Scheiben zu sehen, aber sie waren blind vor Dreck. In Pankow Mitte stieg ich aus und lief zu Fuß. Die erste Adresse, die ich fand, war ein Reihenhaus aus den zwanziger Jahren. Es stand inmitten einer Mustersiedlung, die man damals für Arbeiter großer Werke gebaut hatte. Die Anerkennung von Arbeitsbienen als Menschen. Im Westen gab es solche Bauten von Siemens oder Krupp. Aber auf dem Klingelschild des heruntergekommenen Dings mit dem verwahrlosten Vorgarten stand ein falscher Name. Erleichtert machte ich mich zur zweiten Adresse auf. Das große, düstere Mietshaus war seit dem Krieg nicht renoviert. Die Einschusslöcher waren noch zu sehen und an den Balkonen fehlten die Geländer. Auch hier wohnte niemand, der Liebig hieß. Die dritte Adresse gab es nicht mehr. An ihrer Stelle war eine Brache, überwuchert von Disteln, Brennnesseln und abgeblühtem Löwenzahn. Welcher der drei Orte war wohl der, an dem meine Mutter aufgewachsen war?

Einige Tage nach dem Abendessen mit Bernd Hecking verstärkte sich mein Gefühl, dass es nicht gut war, die Recherchen wieder aufzunehmen, die damals so zäh begonnen hatten und sich dann in scheußlichen Kämpfen entluden. Vielleicht müsste ich noch unschönere Wahrheiten in Kauf nehmen. Bernds Sorge allerdings tat mir immer noch gut. Als trüge ich eine

Wärmequelle mit mir herum. In meiner Wohnung fühlte ich mich einsamer denn je. In den Telephongesprächen erwähnte meine Mutter das letzte Gespräch über meine Adoption mit keinem Wort. Ich glaube, dieses Mal hatte sie wirklich vergessen, dass ich noch einmal darauf zu sprechen gekommen war.

An einem folgenden Morgen rief Bernd von einer Geschäftsreise an. Er hatte sich mit Frieder Graf in Verbindung gesetzt. Dieser war, nachdem er sich die Geschichte angehört hatte, nur zu gern bereit, Klarheit in das Zwielicht zu bringen. Ich sollte mir keine Gedanken um eine etwaige Rechnung machen. Es würde keine geben. Es sei ihm, Bernd, eine Ehre, das in die Wege geleitet zu haben.

Ich versuchte, mich an meine Arbeit zu machen. Aber ich fand keine Ruhe. Ich war alarmiert. Vielleicht würde Frieder Graf mit seinen Nachforschungen erfolgreicher sein, als mir lieb sein konnte. Was, wenn ich einen Kriminellen zum Vater hätte? Es war kaum anzunehmen, dass er Anstand, Liebenswürdigkeit und Bildung besaß. Sonst hätte er sich anders verhalten. Eine Frau nicht im Stich gelassen, die von ihm schwanger war. Er war kein Alphonse Steiner. Mein Vater musste herzlos gewesen sein, ohne Gnade, geschweige Liebe für die Frau, mit der er geschlafen, verbindungslos dem Umstand gegenüber, den er selbst hervorgerufen hatte. Ein skrupelloser Egoist. Wollte ich so jemanden kennenlernen? Und meine Mutter? Die unangenehme Erinnerung an die einzige Begegnung mit ihr wurde in mir wach. Ich hatte mir gewünscht, diesen Tag und seine Folgen auf immer zu vergessen. Ich hatte wenig erfahren. Sie sprach von sich, deutete etwas über ihre eigene Familie an und versprach, mehr zu erzählen, wenn ich wiederkäme. Sie erwähnte mit keinem Wort, wer mein Vater gewesen war. Sie sagte nicht, wie sie zusammengekommen waren. Und irgendwie schaffte sie es, dass ich hauptsächlich von mir erzählte. Von der Scheidung meiner Eltern. Davon, dass mein Vater meine Mutter während der ganzen Ehe betrogen hatte, dass er nicht für mein Studium aufkommen wollte, dass er auf und davon war mit einer jungen Frau. Von der Verzweiflung meiner Mutter. Ich hatte das gar nicht gewollt. Schließlich gelang es mir doch, nach ihm, dem großen Unbekannten zu fragen. Sie sah mich unverwandt an. Als wir uns trennten, hatte ich den Eindruck an einer Angel zu hängen, ohne dass ich wusste, wer die Angel hielt. Sie hatte nichts von sich preisgegeben. Auch das Haus, in dem sie wohnte, hatte ich nur von außen gesehen. Von einem französischen Diplomaten war keine Rede gewesen. Sie hatte nicht einmal einen Namen genannt.

Frieder Graf rief mich an und wollte sich mit mir treffen. Er wollte meine Unterlagen sehen. Aber außer dem Adoptionsvertrag gab es nichts mehr. Ich hatte die Abstammungsurkunde, die Nachricht vom Jugendamt, meine Recherchen aus Berlin samt eines Briefes meiner leiblichen Mutter in einer Nacht- und Nebelaktion in die Tonne geworfen. Einen zweiten Brief hatte ich vor Jahren meinem Analytiker anvertraut. Es standen eine Menge Vorwürfe gegen mich darin, die ich weder verstanden hatte noch hatte ertragen können. Frieder Graf ließ sich von all dem nicht beeindrucken. Dann würden wir eben von vorne anfangen und auflisten, an was ich mich erinnern könnte. Er sprach von einem ersten Profil, das sich daraus ergäbe.

Frieder Graf wohnte in Köln. Ich hatte Glück. Er war noch ein paar Tage in der Stadt. Meistens war er in ganz Europa unterwegs, oft auch in den Vereinigten Staaten. Sogar bis nach Shanghai hatte ein Auftrag ihn einmal gebracht. Wir verabredeten uns für den Nachmittag im Hotel Excelsior, in der Nähe des Doms. Ich hatte mich noch nie mit Menschen beschäftigt, die professionell Recherchen betreiben. Es gibt mehr davon als man denkt, nicht nur Privatdetektive. Auch Spürnasen, die unterwegs sind, um vermisste Kunstgegenstände aufzutreiben, und Menschen auf der Suche nach Menschen, die einfach verschwunden sind. Ahnenforscher. Kuppler und Heiratsvermittler. Angestellte des Roten Kreuzes, die nach Kriegsopfern Ausschau halten. Kopfgeldjäger, die nach Straftätern fahnden. Frieder Graf zählte mir das alles auf. Es klang, als wollte er mich beruhigen. Ich war kein Einzelfall. Ich gehörte zu der riesigen Gruppe der Suchenden. Die Gruppe ließ sich in Untergruppen unterteilen, Opfer der Geschichte, Opfer von Naturkatastrophen, Opfer von Missverständnissen und Irrtümern, Opfer der Gewalt, Opfer sozialer Umstände usw., die sich noch einmal in verschiedene Kategorien listen ließen. Ich musste mich meiner Situation nicht schämen. Beherztes Vorgehen sei hier das angemessene Verhalten, dem Feind, in diesem Falle dem Nebel, so lange ins Auge zu blicken, bis der Schleier sich lichte. Es war mir nicht ganz klar, wie das möglich sein sollte. Ich wusste bisher nur, dass ein Sturm ein Auge hat, aber dass der Nebel eines haben sollte, war mir neu. Immerhin war ich es nicht selbst, die starr auf eine Stelle blicken musste, von der ich gar nicht wusste, wo sie war.

Er war der Ermittler, den ich mir vorgestellt hatte, bevor jegliche Art von Detektivklischee sich in meinem Bewusstsein festgeschrieben hat. Ein glatzköpfiger, breit grinsender Mann, dem man sofort anmerkt, dass er sich mit den Intimitäten anderer Menschen beschäftigt. Leicht übergewichtig, ließ er sich durch nichts aus der Ruhe bringen. Die entsetzlichsten Dinge waren für ihn die Norm. Es gab einfach nichts, was es nicht gab. Seine Anzüge bestellte er gewiss per Katalog, der Einfachheit halber und um Zeit zu sparen. Er war kräftig und beharrlich. Ästhetik sagte ihm nichts. Er war tätig in dem Bereich des Grundsätzlichen oder sogar in tieferen Schichten. Wenn es sein musste, eben auch im Untergrund. Er hätte auch Masseur oder Staubsaugervertreter oder Fitnesstrainer oder Priester sein können, eben jede Art von Ohr, die en passant neben einer Tätigkeit hört, woran es den Menschen mangelt, einer, der sich vor gar nichts ekelt. Er war mir nicht sehr sympathisch, aber ich ahnte auch, dass ich ihm damit Unrecht tat. Ganz sicher war es mein allumfassendes Misstrauen, das ihn in keinem guten Licht erscheinen ließ, und seine äußere Erscheinung war nicht dazu angetan, mich umzustimmen. Er war schlicht nicht seriös genug und roch ein bisschen billig.

Er begrüßte mich in der Hotelhalle. Der Schuppen hätte ihm auch gehören können, so benahm er sich. Er passte da rein, und das Interieur passte zu der Stadt, die ich nicht mochte. Es erinnerte mich an die protzigen bürgerlichen Häuser, die einst die Industriellen zu Anfang des 20. Jahrhunderts für ihre Familien errichten ließen, oft mit Blick auf den Rhein. Dunkle Bibliotheken, Holztäfelungen mit gotischen Ornamenten, Perserteppiche in hallenartigen Räumen, Kamine, in denen man ganze Rinder braten kann, zählen zu ihren unverzichtbaren Attributen. Ich stellte mir vor, der Rheinische Geldadel, in den hässliche Namen verfilzt waren wie Wolf von Amerongen, Schniewind und Ribbentrop, hätte so gelebt. Wir setzten uns in tiefe Sessel. Er bestellte. Der Rest, so sagte sein Gesicht, hinge von mir ab. Ich legte ihm den Adoptionsvertrag vor. Ich sagte ihm alles, was ich wusste. Er schrieb die Namen in alphabetischer Reihenfolge auf. Soweit ich damit dienen konnte, notierte er entsprechende Geburtstage und Orte. Ich sagte ihm auch, dass ich den Namen meines natürlichen Vaters nicht wüsste. Er war dennoch zuversichtlich. Standesämter, Kirchenbücher und Gemeinden seien ergiebige Quellen. Und irgendwo hätte man das Paar vielleicht auch zusammen gesehen. Die besten Auskünfte erhielte man für den Anfang heute schon durchs Internet. Zu vielen Ämtern hätte er eine Art Standleitung und bekäme Mengenrabatt auf die Kosten, die Abstammungsurkunden, beglaubigte Abschriften aus Familienbüchern oder Sterbedokumente nach sich ziehen. Zumindest was die Seite der Mutter anbelangt, sei durch den Namen, Geburtstag und Ort der Feind fast schon besiegt. Er versprach, sich regelmäßig zu melden, entweder telephonisch, per Email oder auf dem Postweg. Er bestand darauf, die Rechnung zu übernehmen. Auch ihm war es eine Ehre, mir behilflich zu sein. Einer so guten Freundin von Bernd Hecking. Wir verabschiedeten uns. Ich ging schnurstracks auf den Ausgang zu, obwohl ich eigentlich zur Toilette gemusst hätte. Auf dem Bahnhofsvorplatz herrschte Hochbetrieb.

Drei

Eine alte Backsteinmauer, dann kommt ein Eisentor, dann wieder ein Stück Mauer, dann eine kleine Eisentür, die geöffnet ist. Vor mir liegt der Friedhof Alte Luisenstadt. Es ist einer von vieren, die an der Bergmannstraße liegen, durch monumentale Erbbegräbnisse getrennt. So etwas hatte ich vorher noch nie gesehen, wuchtige Mauern mit riesigen Tafeln, die Raum für kaum zu zählende Namen bieten. Mehrere Generationen haben darauf Platz. Gegenüber diesen Nekropolen stehen ein wenig heruntergekommene Bürgerhäuser aus derselben Zeit. Man merkt, dass Berlin im 19. Jahrhundert gewachsen, erblüht und im 20. verelendet ist. Die Straße ist schön, gerade jetzt, wo ein leuchtend gelbes, durch das dichte Blattwerk gemildertes Licht hindurchschimmert.

Die Friedhöfe Dreifaltigkeit, Friedrichswerder, Jerusalem IV und Alte Luisenstadt sind nicht berühmt. Ich habe nachgesehen und sie in keinem der Stadtführer gefunden. Es gibt zu viele in Berlin. Alle sehen ähnlich ehrwürdig aus, oft von Efeu umrankt und dicht mit alten, großen Platanen und Zypressen bestanden, dazwischen Wiesen. Nicht zu vergleichen mit Passy oder Père Lachaise, wo nackter Stein an Stein grenzt und die Ornamente bei weitem das wenige Grün dominieren. Als ich am Fuß dieser Gräberstadt stehe, sehe ich zunächst nur Dickicht und einige hindurchgetriebene Wege. Erst als ich weitergehe, stemmen sich mir Monumente entgegen, als müssten sie Riesen beherbergen und Jahrhunderte überdauern. Hier ist das Familiengrab der Liebigs. Seit ich in Berlin lebe, gehe ich ab und zu hin.

Die Frau hinter der Theke der Friedhofsverwaltung telefonierte. Sie nickte mir freundlich zu und formte mit tonlosen Mundbewegungen, dass sie gleich fertig sei. Der Raum sah aus wie der einer Behörde. Überall Akten, ein paar traurige Topfpflanzen, ein Kaffeeautomat in einer Ecke, der eine abgestandene braune Brühe dauerwärmte.

Eines Abends hatte ich eine Email von Frieder Graf erhalten. Folgendes haben erste Recherchen ergeben: Ihre Mutter Marlen Johanna Liesbeth Emma wurde in einer Privatklinik in Berlin-Pankow geboren. Ihr daraus folgender Schluss, ihre Eltern hätten in Pankow gewohnt, erwies sich als falsch. Johanna und Georg Liebig wohnten Anfang der 30er Jahre in Berlin-Kreuzberg. 1938 meldeten sie sich nach Ahlbeck/Usedom (Mecklenburg) um. Der Vater Ihrer Mutter wurde als jüngster Sohn eines Albert Liebig und seiner Frau Emma, geb. Weiß, geboren, damals gemeldet unter Tempelhofer Vorstadt. Ein Albert Liebig – es ist noch herauszufinden, ob es derselbe war – wurde 1917 in Kreuzberg beigesetzt. Das Familiengrab war auf dem Luisenstädtischen Friedhof. Einige Anfragen laufen noch. Ich melde mich wieder.

Mit freundlichen Grüßen

Ihr Frieder Graf.

Die Dame vom Friedhofsamt hatte ihr Telephongespräch beendet und fragte, wie sie mir helfen könnte. Ich stotterte ein wenig herum, aber sie schien Leute, die nicht genau wussten, wie sie suchen sollten, gewöhnt zu sein. Aus einem Fach unter der Theke zog sie einen riesigen Folioband heraus.

»Wie sagten Sie, lautet der Name?«

»Albert Liebig.«

»Ein Erbbegräbnis?«

Ich wusste nicht, was das ist. Sie erklärte mir, dass dies die riesigen Monumente an den Rändern der Kirchhöfe sind, die jeweils zusammen eine Mauer bildeten. Diese Erbbegräbnisse waren nicht auf Zeit gepachtet. Sie wurden von den Familien gekauft, eine Art Eigenheim innerhalb der Nekropole. Ehe ich auf diese Frage antworten konnte, sauste ihr Finger schon über die handgeschriebenen Einträge.

»Da haben wir es. Nein, es ist kein Erbbegräbnis. Ein einzelner Stein, der ein Familiengrab dominierte, das einmal acht Einzelgräber zusammenfasste. Albert wurde als Erster bestattet, vermutlich das Familienoberhaupt.«

Sie sah fragend von den Seiten auf. Ich nickte.

»Die Grabstätte ist abgeräumt. Der Hauptstein steht nur noch, weil er als erhaltenswert gilt. Schönes Stück.«

Ich musste den Weg rechts außen an den Erbbegräbnissen vorbei nach Süden gehen, bei der ersten großen Achse nach rechts, hinein in ein nicht mehr bewirtschaftetes Gräberfeld. Ich könnte es nicht verfehlen, sagte sie, es sei zu einer Wiese geworden, auf der vereinzelt, wie hineingeplumpst, hier und da Steine stünden. Dort würde ich die Gruft der Familie Liebig finden. Die wässrige Dezembersonne wies mir den Weg und schickte ihre Strahlen direkt in die Richtung, in die ich gehen musste. Die Wiese lag in einer Lichtung. Mitten auf der Lichtung stand ein hoher, schmaler Grabstein aus dunkelgrünem, unpoliertem Granit. Neusachlich. Die Goldschrift war fast ausgewaschen.

Hier ruht in Gott mein lieber Mann, unser treusorgender Vater Albert Liebig geb. am 5. Dezember 1840 gest. am 29. Mai 1917. Nur Schaffen und Streben war sein Leben.

Links darunter Elsa Franek geb. Liebig 30. Mai 1887 bis 3. Sept. 1921. Rechts daneben Walter Liebig 20. Sept. 1890 bis 31. Aug. 1936. Sein Leben war Leiden.

Ich las drei Namen, zu denen ich mir keine Gesichter vorstellen konnte. Das sollten meine Vorfahren sein? Ich merkte plötzlich, wie kalt und elend mir war. Morgen, am Heiligabend, sollte ich bei meiner Mutter sein. Ich wollte direkt von Berlin aus nach Zürich fliegen. Erst jetzt sah ich die Absurdität, diese Wirrnis in meinem Plan, diese Sinnlosigkeit, zwei Tage vor Weihnachten eine Wohnung in Berlin zu suchen. Ich wusste nicht mehr, wohin ich gehörte. Berlin war vielleicht doch nicht die richtige Stadt. Die Hälfte meiner Familie hatte ihre Geschichte hier.

Ich hinkte der Zeit, den Ereignissen hinterher. Ich zog den Mantel fester um meinen Körper und ging zum Ausgang. Die ganze Recherche war Unsinn. Vor mir erschien ein langer Weg mit unsicherem Ende. Ich war zu müde ihn zu gehen. Wie in einem Traum. Ich sehnte mich nach einem heißen Bad. Ich hatte das falsche Hotel gewählt. Eine Pension in einer Seitenstraße des Ku'damms. Ich hatte geglaubt, sie von früher zu kennen. Ich hatte so lange nicht mehr in Berlin übernachtet. Die Adresse stimmte wohl. Es war eine alte Etagenpension. Aber die Leitung hatte sich geändert. Ich hörte nur Russisch. Und natürlich hatte das Zimmer kein eigenes Bad. Es gab nur eine Dusche auf dem Gang. Für alle. Die Russen und mich. Ich beschloss, nicht dorthin zurückzukehren.

Was hatte diese Vorgeschichte in Berlin mit der Wohnadresse in Osnabrück zu tun? Warum war ich in Köln geboren? Welche Rolle spielte Bonn in dieser Tour du Monde? War mein Vater wirklich dort gewesen, der französische Diplomat, den die rücksichtsvolle Marlen nicht hatte kompromittieren wollen? Ich saß im Flughafenrestaurant und wartete auf den umgebuchten Flug nach Zürich. Ich zitterte immer noch. Ich fürchtete den ärgsten Winter meines Lebens. Ich wusste nicht, wie ich den kommenden Tagen genüge tun sollte. Wie sollte ich den Menschen in diesen Tagen begegnen? Meiner Mutter? Ihren Verwandten? Als was? Als wer redete ich? Wer sagte Frohes Fest, wenn ich meine Stimme hörte?

Ganz von fern.

»Liebling, Frohe Weihnachten. Ich bin wieder zurück. Ist das nicht großartig?« Es ist unzweifelhaft Viktors Stimme, die das sagt, und er meint, er sei in Berlin. Aber es klingt, als riefe er aus Termes an. Oder Mazar. Es klingt weit fort. Im Hintergrund höre ich die üblichen Geräusche eines Hauses, in dem viele Menschen wohnen. Alle sind da, Viktors vier Geschwister, ihre Männer und Frauen, die Kinder. Sie kommen gerade aus dem Gottesdienst in einer kleinen russischen Kirche. Sie ist ganz bezaubernd auf einer bewaldeten Anhöhe gelegen, eine liebevoll verzierte Perle, fern unten von der Havel aus zu sehen. Mit dem dazugehörigen Blockhaus Nikolskoe war sie das Geschenk eines Vaters an seine geliebte Tochter. 1819 überraschte Friedrich Wilhelm III. Charlotte, Großfürstin Alexandra von Russland, anlässlich ihres Besuches in der alten Heimat damit. Das Gasthaus ist nach ihrem Mann benannt, der 1826 als Nikolaus I. den Zarenthron bestieg. Diesen Ort hatten wir für unsere Hochzeit vorgesehen. Ich schreibe: hatten. Es wird keine Hochzeit geben. Mir ist immer elender zumute bei dem Gedanken, Viktor meine wirklichen Verhältnisse darlegen zu müssen. Ich weiß nicht, wie ich das erklären soll. Hinter mir steht meine Mutter. Sie sagt, dass ich Viktor von ihr grüßen und bald Schluss machen soll. Das Eis, das wir zum Nachtisch bekommen, würde schmelzen. Ich habe Zuckerzeug noch nie gemocht. Vor allem das deutsche Zuckerzeug nicht. Gar kein deutsches Essen, wenn ich ehrlich bin. Viktor sagt, dass wir uns zwei Tage später sehen werden als geplant. Oder drei. Aber bestimmt nicht mehr als drei Tage später. Während er mir diese Eröffnung macht, höre ich im Hintergrund seine älteste Nichte rufen. Die Familie soll »zu Tisch«. Darüber wölbt sich Viktors Erklärung. Er könne nicht so schnell wieder weg. Es sei einfach so selten, dass er die Geschwister sähe. Erst recht die Kinder, die würden rasend schnell groß. Das müsse ich verstehen. Auch seine Eltern freuten sich so. Er hätte sie so lange nicht gesehen. Er müsse noch bleiben. Familienbande. Mein Herz krampft sich zusammen. Oder ist es der Magen? Irgend etwas in der Mitte jedenfalls fällt aus. Ich will fort. Fort von Viktor, fort aus dem Zimmer, fort aus dem Stift, aus der Stadt. Meine mühsam behauptete Zugehörigkeit beginnt unter den heißen Himbeeren zu zerlaufen, oder ist es meine Sehnsucht nach Viktor, den ich für meine Zuflucht hielt? Familienbande. Ich sage nur ja. Es ist ein Ja, das für beide gilt, für Viktor mit seinem frisch aufgelegten Plan und für meine Mutter mit dem Eis. Ein Ja, das nein meint. Ich stelle mir vor, wie es wäre, vom Balkon zu springen. Einfach zum Bahnhof zu rennen. Mir ist, als sei mir nicht nur mein Name entglitten, die Eltern, meine verlebten Jahre. Auch mein Verstand. »Ja«, sage ich und lege auf. Ich weiß nicht, was Viktor zum Schluss gesagt hat. Ich habe es nicht mehr gehört. Ich gehe zum Schrank, hole meinen Mantel heraus und höre mich wiederholen: »Ja«. Was ich sage, scheint nicht zu dem zu passen, was ich tue. Ich fühle, wie meine Mutter sich an mich klammert. Selbst noch, als ich längst auf dem Weg zum Bahnhof bin, zu Fuß durch die menschenleere Stadt, krallt sich eine Hand an meinen linken Arm. »Ja«, flüstere ich immer wieder, »ja«. Aber meine Zustimmung lockert nicht ihren Griff. Plötzlich geht sie neben mir. Wir sind die einzigen Menschen auf der Welt. Alle anderen verschluckte der afghanische Sand. Wir gehen der Sonne entgegen, mitten in der Nacht. Erleichtert stelle ich fest, dass es Sommer ist, als ich erwache. Hellgrünes, frühlingshaftes Morgenlicht dringt aus dem Garten in mein Zimmer. Das ist die Gegenwart. Ich lebe in Berlin. Aber dann klappt die Erleichterung ebenso schnell wieder in sich zusammen. Von Viktor habe ich noch nichts gehört. Und er ist wirklich in Mazar.

Das Haus musste in den siebziger Jahren erbaut worden sein. Es stand gegenüber einem Bauernhof, am Rand von Feldern. Die Gegend wirkte vertraut auf mich. So ähnlich sah es in der Umgebung aus, in der ich aufgewachsen war. Bäume, Wiesen, kultivierte Landschaft, dicht besiedelt. Nur der Fluss, der mir immer so viel Zuversicht gab, fehlte. Ich hatte das Auto am Rand eines Feldwegs geparkt. Frieder Graf hatte mir mitgeteilt, sie wohne hier. Verheiratet, kinderlos. Aber das wusste ich schon von unserer Begegnung vor zwanzig Jahren. Ich wollte sie auch gar nicht sehen. Ich hätte nicht gewusst, was ich sagen sollte. Ich war nur hier, um mich an das erste Mal zu erinnern, zu sehen, ob ich das aushalten würde, ohne von Panik ergriffen zu werden.

Sie war Lehrerin an einer Sonderschule in Köln gewesen. In einem Stadtteil, der als sozial schwierig galt. Sie hatte Pferde und ritt. Sie hatte mehrere Katzen. Sie mochte Tiere gern. Eine große, blonde, burschikose Frau. Ein wenig asketisch, nicht das, was man klischeehaft unter weiblich versteht, sondern durchtrainiert und sportlich würde ich sagen. Eigentlich ein sehr moderner Typ. Herzlich, auf eine grobe Art. Man muss das mögen. Leicht schnoddrig in der Sprache. Den Berliner Tonfall hörte man immer noch heraus. Die Pferde hatten damals gegenüber dem Wohnhaus gestanden, in den Stallungen eines Bauernhofs. Zwei.

Am 31. Dezember hatte ich mich ins Auto gesetzt und war umhergefahren. Ziellos. Ich spürte einen Schmerz den Hals hinaufkriechen. Auf einmal merkte ich, dass ich in der Nähe ihres Hauses angekommen war. Ich machte sofort kehrt, ohne einen weiteren Blick auf die Straße, die Feldwege, das Haus zu werfen. Gegen zehn Uhr abends kam ich zurück. Ich stellte den Wagen ab und ging zu Fuß zum Fluss. Fast eine Stunde lang erleuchteten silberne, goldene, grüne und rote Blüten den schwarzen Himmel über dem Rhein. Menschentrauben auf der Brücke, Sektkorken knallten mit dem Feuerwerk um die Wette. Irgendwann nach Mitternacht kehrte ich heim, durchfroren, sehr müde. Das neue Jahr hatte begonnen, ohne dass es mir gelungen war, mich von dem alten zu trennen. Ich schlief sofort ein.

Statt eine Wohnung zu suchen und endlich meine Sachen zu packen, trieb ich mich weiter auf Feldwegen herum. Zwischendurch war mir, als hätte ich gern meinen Kopf an Bernd Heckings Brust gelehnt. Aber ich hatte nichts mehr von ihm gehört. Mir vorzustellen, meinen Kopf an die Brust von Frieder Graf zu legen, war mir widerlich. Allein der Gedanke reichte aus, mich nie mehr von einem Mann berühren zu lassen. Vielleicht also sollte ich daran denken, dachte ich, vielleicht heilte mich das von meinem Anlehnungsbedürfnis. Ich stellte fest, dass ich den Mann, der nominell mein Vater war, fast vollständig vergessen hatte. Vielleicht war das gar nicht gut. Man ist inzwischen der Meinung, dass Väter für Töchter von unzweifelhafter Bedeutung sind. Gerade die Väter haben Einfluss auf ihr Seelenleben, ihre spätere Anmut, Schönheit, Kraft. Sie gelten als Pufferzonen zwischen Müttern und Töchtern. Und es heißt, wenn Väter ihre Töchter vollständig den Müttern überließen, verendeten diese. Nicht die Mütter, sondern die Töchter. Meine Mutter behauptet, als kleines Mädchen hätte ich meinen sogenannten Vater sehr geliebt. Das klingt plausibel. Schaue ich mir meine eigentümliche Fixierung auf Männer als Inspirationsquellen und Ruhesäulen an, muss es da einen Zusammenhang geben. Dennoch fürchte ich mich vor ihnen. Wie das zusammenpasst? Ich glaube, dass er der überzeugendere Lügner war. Vielleicht sollte ich eher von Schauspieler sprechen. Trotzdem wünschte ich auch ihm den Tod. Auch ihn wollte ich, trotz seiner Lügen und Abtrünnigkeit, für immer behalten. Aber das Feuer, das einmal diesen Wunsch beseelte, ist längst erloschen. Sein Name, mit dem ich immer noch unterschreibe, sagt mir so wenig wie sein Gesicht.

Geblieben ist nur meine Zerbrechlichkeit und die Neigung, mich an vieles zu lehnen, das vage männlich ist.

Ich sah mir das Haus von weitem an. Groß war es nicht, aber sicher ausreichend für zwei Personen. Im Charakter eher unauffällig. Kein bestimmter Stil. Es war das Material, das auf die Entstehungszeit deutete. Glasbausteine, Rauputz. Eine Haustür mit Fenster, als Gitter ein eisernes Phantasieornament. Drei Stufen führten nach unten. Ein Vorgarten, der nur an seinen Konturen zu erkennen war. Keine immergrünen Sträucher. Die Stauden waren möglicherweise von der Erde getilgt. Am Weg zwei gleiche Autos. Anfang der achtziger Jahre, als ich ihr erstmals begegnete, standen auch zwei gleiche Autos vor dem Haus. Beide rot, beide mit schwarzem Verdeck. Ford Capri hieß das Modell. Ein Halbstarkenauto. Beide Exemplare vorzüglich gepflegt. Der Lack unversehrt. Gewaschen und hochglänzend poliert. Sie bildeten mit dem Haus eine ästhetische Einheit. Das war im Spätsommer oder Herbst. Jetzt konnte ich sehen, wie auf der rechten Seite im Parterre das Licht angeschaltet wurde. Aber die Personen waren aus der Entfernung nicht zu erkennen. Es war mir schleierhaft, wie man in einer solchen Gegend wohnen konnte. Überhaupt in diesem Teil des Landes, der mit akribischer Sorgfalt den Ungeschmack pflegt. Das Banale, Beliebige. Keine Form. Alles, was die Welt so hässlich macht in dem Augenblick, wo Wälder gerodet, wilde Wiesen abgemäht, Flüsse kanalisiert worden sind und jemand den ersten Spatenstich tut, um gedankenlos zu bauen. Hier, in diesem Teil des Landes, findet man keine ästhetische Inspiration. Warum war sie nach der Wende nicht zurück nach Berlin gegangen? Warum nicht in die Uckermark oder nach Mecklenburg, in diese herrliche weite Landschaft, die im Rheinland schon von den Römern abgeschafft worden war: unbebaute Horizonte. Ich ging zum Auto zurück. Auf halber Strecke begann es leicht zu schneien. Aber die Flocken blieben nicht liegen.

»Guten Tag! Ich bin Journalistin und arbeite an einem Buch über Mütter, die ihr Kind zur Adoption gegeben haben. Darf ich Sie dazu interviewen?«

Nachdem ich noch einmal hingefahren war und mich sogar in die unmittelbare Nähe des Hauses gewagt hatte, fragte ich mich, warum ich sie beim ersten Mal nicht einfach unter diesem oder einem anderen Vorwand angerufen hatte. Sie wusste ja damals nicht, wie ich hieß. Ich hätte ihr gegenübersitzen und alles erfahren können, ohne dass sie gewusst hätte, wer ich bin.

Von Frieder Graf erfuhr ich einige Tage später, dass es in der Universitätsklinik Köln-Lindenthal noch das Geburtenbuch von 1957 gibt. Dort steht ein Eintrag über eine Entbindung bei einer Marlen Johanna Liesbeth Emma Liebig von einem Mädchen am 11. September, gegen 18 Uhr. Der Blutverlust der Mutter ist sehr hoch gewesen. Sie hatte bereits vor der Geburt einer Adoption zugestimmt und das Kind nicht sehen wollen. Das Kind wurde auf den Namen Barbara eingetragen. Das hatte mir niemand gesagt. Nicht, dass Barbara der Name war, mit dem ich in das Haus meiner Eltern kam. Warum hatten sie mir das nicht erzählt? Es muss seltsam für meine Eltern gewesen sein, als ich immer wieder sagte, ich würde den Namen Ute nicht mögen, ich hieße lieber Barbara. Warum hatten sie diesen Namen überhaupt akzeptiert? Sie hätten mich auf zwei Namen taufen lassen können. Sie hätten meinen ersten Namen auch unterschlagen können.

Ich rief selbst in Köln an. Eine freundliche Hebamme war am Apparat. Ich erklärte ihr meinen Fall. Ich bat um eine Kopie aus dem Geburtenbuch. Sie sah nach. Sie war davon überzeugt, ich hätte mich vertan. Es sei ungewöhnlich, sagte sie, dass diese Bücher so lange aufbewahrt würden. Tatsächlich aber fand sie den entsprechenden Eintrag. Natürlich könnte ich eine Kopie bekommen. Ich sollte beim Chefarzt der Station anfragen, schriftlich und formlos. Es sei besser, nichts von der Adoption zu erwähnen, das könnte die Sache unnötig komplizieren. Eine Woche später teilte der Chefarzt mir mit, er würde mir die Kopie gerne überlassen. Sofern ich eine schriftliche Erlaubnis meiner Mutter beibringen könnte.

Die Vergangenheit bedrückt mich, obwohl nichts von ihr zu sehen ist. Den ganzen Tag schon sage ich mir, dass es kein Schicksal gibt. Die vermeintlichen Wiederholungen sind zufällig. Es gibt keine zyklisch katastrophalen Trennungen in meinem Leben. Nach der Geburt. Durch die Reisen meiner Eltern. Viktors einsame Abordnung nach Afghanistan. Der Eindruck eines Zusammenhangs entsteht durch die ähnlichen Muster oder auch nur durch den eingeschworenen Blick, der bestimmte Anordnungen von Ereignissen als Muster erkennen will. Aberglaube, weiter nichts. Die Verlorenheit schert sich nicht darum. Manchmal, nur so als Gedankenspiel, stelle ich mir vor, sie hätte ein Eigenleben, sie würde mit mir rangeln, ständig darauf bedacht, zu bleiben, was sie ist. Einzigartig durch den Ausschluss jeden Zusammenhangs. Eifersüchtig darum bemüht, ihren Charakter zu erhalten. Und ich nur eine ihrer Trägerinnen.

In den letzten Januartagen versuchte ich, mich an die unmittelbare Gegenwart zu halten. Wetter, Menschen, Straßenbetrieb. Marktgänge und Geschäfte waren überfüllt, auch die Seitengassen. Die Leute tauschten ihre Weihnachtsgeschenke um oder sahen nach Sonderangeboten. Unter dem pastös grauen Himmel war es kühler geworden. Schnee lag in der Luft. Am nächsten Morgen war der Garten unter einer weißen Decke verschwunden. Es schneite den ganzen Tag, auch während der Fahrt. Der Verkehr lief verhalten, aber ein Unfall passierte nicht. Nachdem ich das Auto in angemessener Entfernung abgestellt hatte, ging ich in Richtung ihres Hauses. Die beiden gleichen Autos waren verschwunden. Die Stufen waren geräumt. Aber der Rest – Garten, Feldweg und das dahinter liegende Land – war unangetastet. Alle Grenzen nivelliert durch den Schnee. Totenstille. Als ich nah genug herangetreten war, sah ich einen Mann und eine Frau in einer hell erleuchteten Küche. Der Mann Mitte oder Ende Sechzig, nicht ganz schlank. Eine große Frau mit kurzem, hellen Schopf, wässrig blauen Augen, fast weißen Brauen und Wimpern. Sie war kaum verändert, seit ich sie das eine Mal gesehen hatte, und erst jetzt, so ungestört, sah ich sie mit voller Aufmerksamkeit an. Plötzlich konnte ich verstehen, dass es Grund zu der Annahme gegeben haben musste, ich würde ein blondes Mädchen, das in die Familie meiner Eltern passt. Sie hatten allerdings nicht die Rechnung mit dem Unbekannten gemacht. Die anderen fünfzig Prozent unterschätzt. Auch die Tatsache, dass dunkle Merkmale meist die dominanten sind. Ihre Bewegungen waren schroff, nicht flüssig, als sie in der Küche hantierte. Sie trug einen groben Pullover und eine Hose, nehme ich an, ganz genau konnte ich den unteren Teil ihres Körpers nicht sehen. Sie deckte den Tisch. Goss Tee oder Kaffee auf. Ihr Gesicht war ungeschminkt, nicht einmal Lippenstift. Diese Fremde war meine leibliche Mutter. Das war wirklich so, aber ich empfand es nicht. Ich schlich zurück zum Auto. Ich würde Spuren hinterlassen. Der Schnee hatte jeden Ton gedämpft, aber er würde bis zum nächsten Morgen nicht schmelzen. Sie würden meine Fußstapfen entdecken, die Größe prüfen und sich fragen, wer wohl so nah ans Haus gekommen war. Sie würden meine Abdrücke unter dem Küchenfenster bemerken und vermuten, dass jemand sie beobachtet hatte. Würden sie beunruhigt sein?

Ich stellte den Wagen in meiner Straße ab und ging in die Stadt. Nach jedem Ausflug wurde es schlimmer. Jedes Mal wusste ich weniger, was ich eigentlich dort wollte, warum ich wieder hinfuhr, mich in der Nähe des Hauses herumtrieb und schließlich bedrückt ins Auto stieg. Zurück zu Hause war es mir unmöglich, allein zu sein. Zwischendurch hatte ich den Eindruck, das alles sei nicht wahr, ich erläge einer Einbildung aus heiterem Himmel, die auf mich niedergefallen war und sich in meiner Wahrnehmung festgebissen hatte. Ich schämte mich zu sehr, um mit jemandem darüber zu reden. Ich kam mir lächerlich vor. Doch was nicht lächerlich war, war meine Angst. Meine Hände tief in die Manteltaschen vergraben, angelten meine Finger ganz unerwartet das Spitzentaschentuch. Epochen schien mir die Begegnung auf der Gare de L'Est entfernt. Es hatte aufgehört zu schneien. Der Schnee lag puderig wie der frisch geknüpfte Flor eines unbetretenen Teppichs. Ich hatte Hunger und ging in ein Restaurant, in dem ich einmal Stammgast gewesen war. Hier hatte ich oft mit meiner Mutter gegessen, als sie noch in der Stadt wohnte. Wir hatten schöne Abende hier verbracht. Viel erzählt. In dieser Zeit spielte meine Kindheit keine Rolle, nicht die Zeit davor und auch ihre vergangene Ehe nicht. Alles, was uns einmal bedrückt hatte, schien überwunden, die Adoption, die finanziellen Engpässe, die Jahre ohne Geld und Erfolg. Ich bestellte einen Salat und ein Glas Wein. Das Restaurant war leer. Auch der Platz vor dem Restaurant war bis auf die winterkahlen Akazien leer. Leichter Wind fegte den frischen Schnee die Stufen der Kunsthalle gegenüber hinauf. Flüchtig kannte ich jeden zweiten Gast im Raum, Gesichter vom Sehen auf Parties, Vernissagen, Lesungen. Aber niemand war mir vertraut. Die Leute schienen von irgendetwas übrig geblieben. Würde mich jemand vermissen, wenn ich nach Berlin zöge? Und ich, würde ich etwas vermissen, eine Person, eine Straße, einen Platz? Nicht zum ersten Mal fragte ich mich, ob das mangelnde Vertrauen etwas mit meiner Geschichte zu tun hatte oder vielleicht auch nur ein Merkmal der Gegenwart war, an der alle teilhatten. Mein einziges Zuhause war das Haus hinter dem Deich gewesen. Die Geräusche in der Umgebung. Vor allem im Sommer, nachts. Vielleicht, weil die Fenster dann geöffnet waren und die Töne während des Schlafs unter das Bewusstsein drangen, zwischen die Falten der Oberflächen. Vielleicht liegen da die echten, die gewachsenen Gefühle ähnlich einer langsam entstehenden Verbindung von Nervenzellen. Ich weiß es nicht.

Viktor ruft aus der afghanischen Hölle an. Er klingt fröhlich, als säße er nicht inmitten einer halbverminten Stadt, sondern in einer Ferienanlage. Er erzählt von einer Freundin aus Bonn, Irene Salimi, die er auf einer Krankenhausinspektion wiedergetroffen hat, freudestrahlende Begrüßung unter alten Freunden und gemeinsamen Streitern, von Kollegen, die ihm aus Faisabat Bericht erstattet haben, von seinem alten Fahrer, den er wiedergefunden hat und der ihn nun täglich, wie vor drei Jahren, abends nach Hause fährt. Es hört sich alles vertraut und vertrauenerweckend an, nicht so, wie die Zeitungen es melden. Viktor freut sich, in Kabul zu sein. Das Leben ist dorthin zurückgekehrt, ein bisschen Alltag in Gestalt von Buden und Straßenhändlern. Vielleicht kommen auch ein paar Handwerker aus Pakistan zurück. In der Standleitung, die die Botschaft unterhält, verzögert sich die Stimme um den Bruchteil einer Minute. Man muss immer abwarten, nachdem man gesprochen hat und darf einander nicht ins Wort fallen, sonst bilden die Sätze ein Knäuel, dessen Faden man nicht mehr abwickeln kann. Er sagt, sein Bruder wird heiraten, im Sommer, in der Provence. Ich soll schon mal Flüge buchen, Berlin – Marseille. Er fragt, wie es zu Hause ist, was für Wetter in Berlin, was ich mache, woran ich arbeite und wie ich mich fühle. Ich versuche zu lügen, aber es gelingt mir nicht.

In der Nacht nach dem letzten heimlichen Ausflug zu ihrem Haus lag ich wach. Ich sah mich wieder über den Feldweg gehen, der am Tag zuvor noch verschneit gewesen war. Ich bin kaum mehr als zwanzig Jahre alt. Es ist Sommer oder Herbst, in jedem Fall sind Blätter an den Bäumen. Ich biege links in das große Tor des Bauernhofs. Pferde werden über das Pflaster geführt, zum Putzen und Satteln angebunden. Ein Mann kommt mir entgegen. Es ist der Mann, den ich bei ihr in der Küche sah. Er ist mir unangenehm, obwohl er mich lächelnd fragt, ob er mir helfen kann. Ich sage meinen Namen und frage nach ihr. Er weist auf die Stallungen. Sie steht in einer Pferdebox, eine Trense über der Schulter, und sattelt das Tier. Spricht mit ihm, führt es nach draußen, einen großen Fuchs, bindet ihn an. Erst dann begrüßt sie mich. Selbstsicher. Zweifellos. Ein klitzekleines bisschen von oben herab. Eine Lehrerin, gewöhnt recht zu haben, Aufgaben zu verteilen, Noten zu geben. Ich bin viel zu nervös, sie genau anzuschauen. Ich sehe nur, dass sie blond ist, größer als ich und mir nicht ähnlich sieht. Die Augen, die Haare von nordischer Durchsichtigkeit, dieses helle Flair, das ich von meinen Eltern kenne, der Inbegriff von Andersartigkeit. Ich habe Angst. Ich will sie so viel fragen. Sie gibt mir Stricke und Halfter und sagt, dass sie jetzt einen Ausritt machen. Ich soll der Reitergruppe durchs Gelände folgen. Ich fühle mich klein, überwältigt. Ich wollte mit ihr sprechen, allein, nicht einer Reitergruppe hinterherfahren und deren Zeug transportieren. Statt einer Aufgabe wollte ich eine Erklärung, warum sie mich fortgegeben hat. Ich wollte hören, es täte ihr leid. Und ich wollte ihr erzählen von meiner Trennungsangst, die sich oft in panikartiger Konfusion entlädt. Von der zyklischen Rückkehr der Verlorenheit. Ich stehe immer noch inmitten des Hofstücks, blicke auf die Stricke und Halfter, als löste sich dadurch der Knoten von selbst, als plötzlich ein Blumenkasten herunterfällt. Das Pferd davor steigt. Der Panikhaken am Halfter öffnet sich nicht. Das Tier zerrt verzweifelt, steigt wieder, fällt auf die

Hufe zurück, steigt erneut. Es sieht aus, als würde es sich erdrosseln. Der Mann davor steht starr, unfähig, sich zu bewegen. Sie rennt quer über den Hof, löst mit einem Griff den Strick und spricht mit dämpfenden Worten auf den aufgeregten Wallach ein. Endlich beruhigt er sich. Fällt wieder auf die Hufe. Sie dreht sich um. Erwischt den Mann. Schreit ihn nieder. Wie man so blöd sein kann, ein Pferd unter einem Blumenkasten anzubinden. Ich sah mich gebannt wieder und wieder vor dieser Szene. Ich bin so stolz auf sie. Ich liebe diese fremde Frau in diesem Augenblick. Wie konnte sie einen solchen Idioten heiraten, sich so unglücklich machen, denke ich. Und doch floh ich kurze Zeit später vor ihr. Den Rest, das, was sie sagte, wie sie es sagte, wie einfach die Erklärungen für sie waren, auch, warum sie mich fortgegeben hatte, konnte ich nicht ertragen. So selbstverliebt. Eine Vereinfachung, hässlich, phantasielos und mir vollkommen unverständlich. War sie das? War diese Frau so? Nach der Begegnung fuhr ich zurück. Ich hatte das Gefühl, beinahe gegen eine Wand gerannt zu sein und in allerletzter Minute die Bremse erwischt zu haben. Ich wollte sie nicht wiedersehen. Auf der Rückfahrt plagte mich ein schlechtes Gewissen. Obwohl meine Mutter ihre eigenen Wege gegangen war, wie auch mein Vater, schämte ich mich, dass ich dem perversen Drang gefolgt war, herauszufinden, wer mich geboren hatte. Mir war, als hätte ich Verrat an diesen Eltern begangen.

Vier

Das Meer ist flach und von der sinkenden Sonne beschienen. Ein violetter Ton steigt aus dem Wasser auf und kriecht die Fassaden der umliegenden Häuser hoch. Ihr Putz schimmert fliederfarben, rosig, pfirsichgelb. Hafengeräusche, leicht gedämpft zu dieser Stunde des Tages, dringen hinauf zum Balkon in den ersten Stock. Der Kellner verteilt Schalen mit Nüssen, Oliven und gebratenen Tintenfischen auf die Tische, an denen Aperitifs getrunken werden. Zwischen die Stimmen mischt sich das Summen vertäuter Segel, deren Masten der Wind leicht bewegt, das Flattern einer Persenning, sanfte Wellen, die über Pfänder schwappen. Obwohl es sechs Uhr vorbei ist, scheint die Sonne warm. Es ist Juli. Ich bin in Marseille.

Sie sagte, daher käme er, nicht aus der Stadt, aber aus der Gegend. Daran schließlich konnte oder wollte sie sich noch erinnern. Sie kannte das Wort für diesen Teil des Landes nicht, *Le Midi*, wie man hier den Süden nennt.

Es dauerte eine Weile, bis ich tatsächlich wagte, sie noch einmal anzurufen. Da lebte ich schon in Berlin.

Ende Januar, während meiner heimlichen Besuche in ihrer Nähe, rief mich ein Bekannter an, dessen Schwager einen Untermieter für ein Zimmer am Ostkreuz suchte. Die Wohnung lag in einem verwahrlosten Hinterhaus, dritter Stock, ein wenig abseits vom Geschehen. Obwohl Friedrichshain, wie es hieß, sehr im Kommen war. Hier sah die Hauptstadt noch so aus, wie der Krieg sie zurückgelassen hatte, abgesprengte Balkone, gesprungenes Fensterglas, Loggien, zu denen das Geländer fehlte. Im Treppenhaus stand ein modriger Geruch, der auf Schimmel in den Wänden schließen ließ. Die Briefkästen waren ein Sammelsurium verbeulter Blechbehälter, das nur noch vom Sammelsurium handgeschriebener und wieder durchgestrichener Namen übertroffen wurde. Aber die Wohnung selbst war piekfein renoviert, weiß gestrichene Wände, frisch abgezogene Böden. Sorgsam restaurierte Fenstertüren öffneten sich auf einen kleinen, sonnigen Balkon. Der Eigentümer war ein Computerfachmann aus Hamburg. Gelegentlich nutzte er ein Zimmer selbst, der Rest stand leer. Ich sagte zu und fuhr zurück.

Am Tag darauf wollte ich mit Packen beginnen. Ich stand in meinem Arbeitszimmer und rührte mich nicht. Vier Wände Bücher bis an die Decke. Es war nicht die Masse, die mich schreckte. Ich hatte plötzlich die Idee, der gesamte Aufwand lohne sich nicht. Wohin auch immer ich gehen würde, ich würde den Eindruck von Zerstückelung nicht los. Ein unsichtbarer Hauch, nur der Nachhall eines Atemzugs, war bei dieser Frau geblieben, die mir fremd werden musste als sie sich von mir trennte. Etwas anderes von mir trauerte immer noch um die, die ich dann meine Eltern nannte. Warum so viel elegische Schwermut und so wenig tatkräftiger Zorn daraus resultierten, würde auf ewig ein Geheimnis bleiben. Jedenfalls konnte das, was jetzt vor der Bücherwand stand, nicht für sich alleine stehen. Es zerfiel ständig in sich, wie diese kleinen Gliederpuppen, denen man mit einem Daumendruck in den Boden ihres Sockels die Knochen bricht. Jegliche Entscheidung – angefangen mit meinen Lieblingsspeisen, den Büchern, die ich las, bis hin zu meiner Kleidung und der Einrichtung meiner Wohnung – hatte ausschließlich dazu gedient, die sich wieder und wieder brechenden Stücke einer ganz bestimmten Person zu einem Ganzen zu fügen. Aber diese Person war nicht ich. Dabei war ich ziemlich weit gegangen. In den letzten fünfzehn Jahren war New York zu dem geworden, was ich einen Rückzug nannte, wissend, dass mir auch diese Stadt nicht geben konnte, was nirgendwo für mich angelegt war. Ich hatte so wenig Identität wie ein Albino Pigmente. Vor der Bücherwand stehend wurde ich von dem Mysterium ergriffen, dass ich da war, ohne dass es mich gab. Gedankenverloren nahm ich einen Katalog aus dem Regal, ein ungeschickter Griff, mit dem mir das ganze Brett entgegenkam. Ich starrte die Bildbände ähnlich fassungslos an, wie ich zuvor mein Innenleben betrachtet hatte. Statt sie zurückzustellen, legte ich sie in Umzugskartons. Dann räumte ich die Schränke aus.

In den nächsten Tagen verstaute ich alles, was ich nicht sofort mitnehmen wollte, in einem Kellerraum. Was ich zu meinem Fall gesammelt hatte, legte ich auf die heruntergeklappte Platte des Sekretärs. Die Nachricht von Bernd Hecking über die Beerdigung in Paris, das Taschentuch von H.d.M., die Visitenkarte von Madame Steiner, die Notiz von G.A. mit der Photografie von Alphonse, den Adoptionsvertrag und den letzten Bericht von Frieder Graf. Bis auf diesen Sekretär, ein blaues Brokatsofa und das Bett waren die Räume leer. Meine Wohnung war vermietet, das Telephon abgestellt. Ich wartete auf den Transport am nächsten Tag, der die wenigen Möbel nach Berlin bringen sollte. Ich hatte mich entschlossen, ein letztes Mal mit dem Auto meiner Mutter zu fahren und es dann in der Hauptstadt zu verkaufen. Es lief alles nach Plan. Aber das merkwürdige Gefühl von Starre war geblieben. Ab und zu hatte ich mich während der Räumerei gefragt, ob sich dieses Gefühl wohl schon meiner bemächtigt hatte, als sie damals im Nebel verschwand. Konnte man sich verlassen fühlen von einer Unbekannten, der man eigentlich nur durch Herztöne verbunden war? War die Starre die Angst vor erneutem Verlust, eine Art Ritual, das automatisch ablief, wenn ich in die Nähe ähnlicher Umstände geriet? Mir fielen Kinder ein, die aus der armen Welt inzwischen dutzendweise zu europäischen Eltern vermittelt oder verkauft wurden. In meiner Vorstellung mussten sie irre werden an dem Verlust ihrer ursprünglichen Welt. Als ob die Rettungsphantasie übersättigter Bürger die Zerstörung kindlicher Koordinaten rechtfertigen würde. Vielleicht auch setzte ich im Nachhinein Diffusionen zu Gefühlen zusammen, ein eigensinniger Trost, und meine Orientierungslosigkeit ging auf das Konto meiner Eltern. Hatte die überwältigende Angst vor Verlust gar nichts mit einer unverheirateten verzweifelten Mutter, sondern mit dem Zorn meines Adoptivvaters, diesem unberechenbaren Idol meiner Kindheit, zu tun, damit, dass er seine Prinzessin abgeschoben hatte, als sie seine Phantasie nicht mehr füttern konnte? Ungern verstand ich seine Enttäuschung und doch konnte ich mir vorstellen, dass es für ihn ebenso schrecklich war wie für mich, keinerlei Ähnlichkeit in diesem fremden Kind entdecken zu können, nichts von sich. Ich war kein Spiegel, eignete mich nicht einmal dazu, so zu tun als ob. Wenn er mich ansah, fand er nur die Bestätigung, dass sein Versuch gescheitert war. Diese Erkenntnis mochte dafür verantwortlich gewesen sein, dass er mit einer dieser jungen Frauen noch einmal Kinder haben wollte, eigene, echte Kinder, wie er damals sagte. Und die Enttäuschung meiner Mutter über ihr angenommenes Kind? Ich kann wenig darüber sagen. Sie hat nie zugegeben, wie enttäuscht sie von dem endgültigen Ergebnis war. All diese Fragen scheinen mir verwegen und auch ein bisschen pathetisch. Dass sie sich immer wieder aufdrängen, macht mich wütend. Jede mögliche Antwort scheint mir so glaubwürdig wie die Lektüre von Kaffeesatz.

Die Packer kamen pünktlich. Ich schloss hinter ihnen ab und erklärte meine Lebenszeit im Rheinland für beendet. Die Wohnung am Ostkreuz war in wenigen Tagen eingerichtet und der kleine Balkon bepflanzt. Aber ich habe mich dort niemals wohlgefühlt. Die Gegend war hauptsächlich bewohnt von Kindern und Tieren. Nur frühmorgens und abends änderte sich für eine halbe Stunde das Szenario, wenn Menschentrauben zur S-Bahn gingen oder von dort kamen, auf dem Weg zu ihrer täglichen Arbeit oder von ihr fort. War ich zufällig zu dieser Zeit auf der Straße, hatte ich den Eindruck, zurück in die DDR versetzt zu sein. Das Menschenbild war geschlossen in seiner Bescheidenheit, unauffällig, grau. Kaum waren diese Pulks verschwunden, kehrten die Farbtupfer in die Gegenwart zurück, Hunde mit bunten Halstüchern, aber auch Affen, Papageien und Ratten. Die dazugehörigen Menschen trugen grell gefärbte Haare, rasierte Haut, wilde Tattoos. Die Stimmung, in der diese Leute durch die Tage schleiften, war schillernd und friedlich, mitunter lustig, aber sie interessierte mich nicht. Ich wollte in einer anderen Gegend wohnen. Ich suchte das alte Berlin, nicht das der sechziger, siebziger, achtziger Jahre, sondern die Stadt, die im 19. und zu Anfang des 20. Jahrhunderts entstanden war. Ich fuhr mit dem Fahrrad unterschiedliche Viertel ab, sah mich in der Nachbarschaft von Freunden um, ging in Hinterhöfe von Prenzlauer Berg und Mitte. Schließlich zog mich das Wasser an. Die ganze Zeit ging mir durch den Kopf, dass die Frau, die mich geboren hatte, von hier kam. Es wurde Frühjahr. Ich hatte eine Wohnung in Kreuzberg ins Auge gefasst, direkt am Landwehrkanal, ganz in der Nähe des Familiengrabs auf dem Luisenstädter Friedhof. Dass meine neue Adresse nur einen Steinwurf entfernt von dem ehemaligen Wohnsitz meiner Urgroßeltern, Albert Liebig und seiner Frau Emma, sein sollte, wusste ich, als ich mich für die Wohnung entschied, noch nicht.

Es war ein herrlicher Tag im Mai. In der Nacht hatte es tropenartige Regenfälle gegeben. Die Stadt dampfte und ihre Atmosphäre lud sich eigentümlich auf. Trägheit und Betriebsamkeit verbanden sich in der Hitze zu einem besonderen Amalgam, die Leute schienen nicht mehr ganz zurechnungsfähig, aber blendender Laune. Ich fühlte mich wie im Süden.

An diesem Mittag rief ich sie an. Warum? Ich weiß es nicht. Manchmal denke ich, es war ein wiederholter Versuch von Teufelsaustreibung. Ich wollte mein Berlin für mich. Dann wieder denke ich gnädiger von mir und meine, ein Akt der Versöhnung lauerte darin. Hallo, meldete sie sich. Kein Name. Als ich sagte, wer am anderen Ende der Leitung sei, schien sie nicht einmal erstaunt. Sie sagte, sie hätte mich herbeigewünscht. Das war mir nicht sehr sympathisch. Auch das klang nach Kaffeesatz oder Tische rücken oder dem Lauschen eines Mediums. Sie sprach sofort vertraulich mit mir, in einem Ton, als kennte sie mich ganz genau, als hätte sie mich aufgezogen. Sie erzählte mir von sich und ihrem Leben, von ihrer Familie, der Vergangenheit und der Gegenwart. Erst als sie auf ihren letzten Aufenthalt in Berlin zu sprechen kam, wurde ihre Stimme belegt.

»Es ist nicht mehr dieselbe Stadt. Sie ist so dreckig geworden. Ich fand mich nicht mehr zurecht.«

Ich hörte die Trauer darin. Ich vermied es, diese Frau bei ihrem Namen zu nennen, so wie sie selbst es vermied. Ich hörte ihr zu, sehr interessiert, aber bei jedem Satz merkte ich, dass ich Abstand halten wollte. Ich wunderte mich, wie direkt sie war. Da sie so viel sprach, hatte ich Zeit, mich zu wundern. Ich hatte nicht den Eindruck, dass wir uns nahestünden, wohl aber, dass sie sich auf mich zu bewegte. Nach kurzer Zeit bat sie mich um meine Telephonnummer. Ich wagte nicht, sie zu verweigern.

»Es ist schön, wieder eine Nummer in Berlin zu haben.«

Nun rief sie mich täglich an. Bei dem wenigen, was ich sagte, siezte ich sie, wie ich das immer gemacht hatte zu den seltenen Gelegenheiten, bei denen wir miteinander gesprochen hatten. Das berührte sie unangenehm.

»Warum siezt du mich? Tust du immer so vornehm?«

Ich konnte nicht anders. Die Frage allein trieb mich in die Enge. Sie zu ihr zu sagen war für mich die einzige Form, sie überhaupt anzureden. Was hätte ich sagen sollen, Mutter und du? Mein süßes Mamilein? Liebe Mutti? Absurd. Ich misstraute ihr. Ich war ständig auf der Hut. Sie fühlte etwas von diesem Misstrauen, aber sie konnte es nicht einordnen. Misstrauen auf meiner Seite schien ihr absurd. Ein Vorwurf hier, ein Vorwurf da, Ungeduld, katziges Geplänkel, was ich alles nicht wüsste, was sie betraf. Sie wollte wissen, wo ich wohnte. Friedrichshain. Wo denn da? Das Ostkreuz sagte ihr nichts, da war sie nie gewesen, ohnehin hatte sie nicht lange in Berlin gelebt, vier oder fünf Jahre nur, als Kind. Aber sie liebte die Stadt, den Tonfall, der immer noch ihr eigener war, die Menschen. Ich hörte, dass das ihr Zuhause war, jenseits all der Jahrzehnte, die sie an einem anderen Ort, in einem anderen Teil von Deutschland verbracht hatte. Aus ihrem Mund klang diese Stadt mythisch, als hätte sie ihre Seele hier zurückgelassen und warte darauf, sie irgendwann abzuholen. Sie hatte einen Versuch gemacht, der gescheitert war.

Ich merkte, wie während dieser Telephongespräche das schlechte Gewissen meinen Eltern gegenüber heftiger wurde. Was tat ich da? Wie immer, wenn ich Kontakt zu ihr aufgenommen hatte, fühlte ich mich dreckig, als ließe ich mich auf eine Delinquentin ein. Ohne es je zu sagen, war meine Mutter der Meinung gewesen, dass meine Mutter eine Hure sei, schamlos genug, sich mit einem Kerl einzulassen und dann auch noch geschwängert zu werden. Diplomat hin oder her, letztendlich hatte sie eine lose Moral und er hatte sie benutzt und dann weggeworfen. Wie groß die Angst meiner Eltern gewesen war, diese Neigung könnte erblich sein und auch ich mit einem unehelichen Kind nach Hause kommen, merkte ich erst jetzt durch meine eigene Abwehr.

Ich kratzte meinen letzten Rest Vernunft zusammen. Ich sehnte mich so nach Klarheit und Eindeutigkeit. Dieses Mal wollte ich tapfer sein, nicht die Möglichkeit zerschlagen, zu erfahren, wer sie war. Ich wollte sie kennenlernen. Und ich wollte wissen, warum sie so beharrlich über meinen Vater geschwiegen hatte. Ich wollte wissen, was wirklich vorgefallen war.

Sie war das spät geborene Einzelkind eines Paares, das sich nicht liebte. Johanna, ihre Mutter, war in ihrer Jugend eine zarte Schönheit gewesen, die mittlere von fünf Töchtern eines strengen, um nicht zu sagen unerbittlichen Vaters. Er war Soldat, ein Hausvorstand, der mit fester Hand regierte. Die Großmutter klein und schmächtig, zerbrochen fast an diesem Mann und der nie endenden Arbeit. Wie alle Militärs von niederem Rang waren sie arm. Wie sich Johanna und Georg, das unglückliche Paar, kennengelernt hatten? In einer Straßenbahn. Georg lief ihr hinterher. Natürlich ihrer Schönheit wegen. Er kam aus einem reichen Elternhaus. Acht Kinder, Söhne und Töchter. Es scheint nicht so, als hätte dort der gleiche strenge Ehrenkodex gegolten wie in Johannas urpreußischer Familie. Kein Militär. Handwerk, mächtig aufgestiegen, steil und schnell. Georgs Vater, Albert Liebig, mein Urgroßvater also, ging schon auf die Sechzig zu, als sein Jüngster geboren wurde. Er hatte spät geheiratet, Emma Weiß, eine Jüdin, die nie konvertierte und ihre eigenen Regeln in die Familie mitbrachte. Weiß der Teufel, wie sie es schaffte, heil durch die Nazizeit zu kommen. Die kleine Enkelin mochte diese Großmutter nicht. Diese Frau, sagte meine Mutter, hätte die Familie zerstört, die Geschwister gegeneinander aufgebracht und nach Alberts Tod das Vermögen verschleudert. Zuerst hatten sie in Tempelhof gewohnt, dann kaufte ihr Mann das

Gebäude in der Reichenbergerstraße 110. Das Haus steht heute noch und war bis 1996 in Familienbesitz. Marlen hatte es verkauft, traurig schon, denn für sich hatte sie dort eine kleine Wohnung gehalten. Immer noch hatte sie den Traum gehabt, in die mythische Stadt ihrer frühen Kindheit zurückzukehren. Aber die Kosten übertrafen die Einnahmen bei weitem. In der Verwaltung solcher Gebäudekomplexe nicht geschult, resignierte sie schließlich. Sie hatte die Anlage noch gut vor Augen. Im Hof, in der Remise, hatten die Fuhrwerke gestanden, vorne war das Kontor, heute ein Antiquitätengeschäft, und im ersten und zweiten Stock lebten Albert und Emma mit ihren Kindern. Ein cleverer, arbeitsamer Mann, eigentlich hatte er Kunstreiter werden wollen. Die Familie stammte ursprünglich aus der Uckermark. Zur Zeit von Preußens Aufstieg, in den dreißiger Jahren des 19. Jahrhunderts, kam sie nach Berlin. Albert Liebig war so erfolgreich und vermögend geworden, dass er Gustav Stresemann, als er dessen Talent erkannt hatte, das Studium finanzierte. Die Nähe zu Stresemann sei es auch gewesen, die den Ausschlag gab für das Familiengrab auf dem Luisenstädter Friedhof. Sagte sie mir die Wahrheit? Ich versuchte später das nachzuprüfen. Tatsächlich aber fand ich darüber nichts.

Marlen sagte, dass sie alles für mich gesammelt hätte, damit ich erführe, woher ich käme. Von wem ich abstamme. Sie nannte das ihre Gen-Familie. Dieser Ausdruck verschaffte mir den Eindruck einer techni-

schen Apparatur, eines an sich neutralen Regelsystems, bei dem nur von Interesse ist, ob es funktioniert oder nicht. Es hatte nicht funktioniert.
Die Souvenirs, die meine Abstammung erhellen sollten, betrafen nur ihre Seite. Über meinen Vater sagte sie immer noch nichts. Bald kam ein kleines Päckchen mit Photografien an. Die Gesichter der Toten, deren Namen ich nun schon kannte. Ihre Großeltern mütterlicherseits mit fünf Töchtern, Else, Hildegard, Dora, Johanna, Gertrud. Oder waren es sechs? Habe ich eine vergessen? Ein Brief lag dabei, in dem sie darauf bestand, dass ich Else, der ältesten Schwester ihrer Mutter, meiner Großtante also, wie aus dem Gesicht geschnitten sei. Auf der Photografie sah ich tatsächlich eine schmale Frau mittleren Alters in einer mir sehr vertrauten Haltung. Halbprofil. Sie sitzt auf einer Bank, die, wie es scheint, an einer Promenade steht. Ahlbeck? Sie hat die gleichen dunklen Haare wie ich. Trägt sie zu einem Chignon geschlungen. Da war sie, die Ähnlichkeit, die ich in dem HuHu-Spiel nicht ausmachen konnte. In dem Brief stand, dass Else sehr exzentrisch gewesen sei, auch arrogant. Sie habe sich immer für etwas Besonderes gehalten. Größenwahn. Einer von Marlens Lieblingsbegriffen und eine Vision, die sie gern und häufig durchaus mehreren Leuten attestierte. Ob das in ihren Augen pathologisch oder nur landläufig spinnert war, ließ sich aus dem Zusammenhang nicht ableiten. Else, die Größenwahnsinnige, ging jedenfalls auf eine Privatakademie, im Gegensatz zu ihren Schwestern, die einfache Berufe ergreifen mussten. In

der Lette-Schule studierte sie Kunst und Photografie. Dann heiratete sie einen Mann, der sie auf Händen trug und dafür von ihr getreten wurde. Die schöne Dame hatte in den Augen ihrer Nichte einen unschönen, um nicht zu sagen gnadenlosen Charakter.

Woher wusste sie, dass ich dieser Frau tatsächlich ähnlich war? Sie hatte mich nur ein einziges Mal gesehen und damals hatte ich mich unter einer Ledermontur verschanzt, so viel wie möglich von mir verborgen. An jenem Tag unserer einzigen Begegnung im Herbst vor mehr als zwanzig Jahren war nicht erkennbar gewesen, dass Elses Haltung typisch für mich war. Auch die Haare trug ich ganz anders. Ich gab mich burschikos. In meiner Sprache, in der Einstellung zum Leben, in meinen Vorhaben und Wünschen verstellte ich mich. Vielleicht wollte ich mich ihr nicht zu erkennen geben. Ganz sicher wollte ich nicht verletzbar sein. Es war ein intuitives Vorgehen gewesen, ungeplant. In jedem Fall war ich mir an jenem Tag nicht ähnlich gewesen und von jenem Tag eine Ähnlichkeit mit Else abzuleiten, war ganz und gar unmöglich. Sie wusste es dennoch. Sie hatte sich meine Bücher besorgt, binnen weniger Tage, alle – und die Photos unter den Klappentexten genau studiert. Ohne Zweifel hielt sie auch mich für exzentrisch. Ganz die Else. Was aber war mit der anderen Seite?

»Mit welcher anderen Seite?«

»Mit meinem Vater. Wer ist er gewesen, mein Vater?«

»Franzose. Aus Marseille.«

»Il était du Midi«, flüstere ich ins Telephon.

»Was?«

»Ach, nichts weiter. Ich fühle mich an etwas erinnert vom letzten Jahr.«

Sie erzählte weiter. Sie war im Krieg zur Schule gegangen, ab 1938, in Ahlbeck. Ihr Vater hatte dort ein Erholungsheim für Beamte geführt. Das war schon lange, nachdem Johanna ihren unerbittlichen Vater gebeten hatte, sich scheiden lassen zu dürfen. Was nicht infrage kam. Wozu man sich einmal entschieden hatte, das stand man durch. Wenn nötig, ein Leben lang im Unglück. Johanna gehorchte und gab das Unglück, das die Unerbittlichkeit ihres Vaters hervorrief, später an ihre eigene Tochter weiter, eingetrocknet in dieser Härte und Lieblosigkeit, die man damals Haltung nannte. Alles andere galt als würdeloses Benehmen. Gefühle auch. Gefühle waren für Leute ohne Disziplin. Georg Liebig führte das Beamtenerholungsheim bis der Krieg begann und er eingezogen wurde. Als der Krieg zu Ende war, mussten Johanna und ihre Tochter fliehen. Marlens Erzählungen verwirrten sich, die Zeiten falteten sich übereinander, sie war sichtlich berührt von dieser Vergangenheit. Sie hätte gern Medizin studiert, sagte sie, aber das wäre nicht möglich gewesen. Ihre Eltern hatten kein Geld. Ihre Mutter war über die Jahre so bitter geworden, dass sie zu kränkeln begann. Sie hatten nichts, keine Existenz mehr, kein Zuhause, keine Zukunft. Sie hatten früher, zu Beginn ihrer Ehe, in Kreuzberg gewohnt, in der Nähe des U-Bahnhofs Hallesches Tor. Bella Janks Platz, ob ich den kenne? Als sie das letzte Mal in Berlin gewesen war, hatte sie danach gesucht, aber nicht mehr gewusst, wo das war. Auch auf dem Stadtplan hatte sie den Platz nicht mehr finden können. Ich suchte selbst. In alten und neuen Stadtplänen, im Internet, ich hätte ihr gern geholfen, diesen Kindheitsort zu finden, aber nirgendwo war ein Bella Janks Platz vermerkt. Merkwürdig, aber vieles, was sie erzählte, klang merkwürdig für mich. Ihre Stimme vibrierte, als sie zu ihrem Flüchtlingsdrama kam. Das war die Krönung der schrecklichen Ehe ihrer Eltern. Flüchtlinge? Ich wunderte mich. Die Liebigs waren in Berlin ansässig. Sie kamen doch nicht aus Schlesien oder einem der anderen östlichen Gebiete. Und Kreuzberg war der amerikanische, nicht der russische Sektor. Der legendäre Check Point Charlie. Den kannte sie nicht. Ob ich denn nicht informiert sei? In Ahlbeck waren die Russen nach dem Krieg, erklärte sie mir, wieso ich das nicht vor Augen hätte? Ob ich nicht lesen würde? Wieder begann das katzige Geplänkel. In der Geschichte, die sie mir erzählte, konnte ich die einzelnen Personen nicht mehr unterscheiden. Eine verhohlene Enttäuschung sprach daraus, als sei da noch etwas anderes gewesen außer der Flucht. Animositäten in der Familie. Ungerechtigkeiten. Ihr Ton wurde scharf, richtete sich gegen mich, warf mir vor, das alles nicht zu wissen und auf der falschen Seite zu stehen. Was sie erzählte, klang wirr für mich, vernebelt. Gefühle, alte und neue, schienen sich während ihrer Erzählung zu überschlagen. Sie konnte nicht bändigen, was da in ihr rumorte, und ich konnte nicht verstehen, was sie so erregte. Sprach sie von der Gegenwart oder der Vergangenheit?

Marlens Erzählungen vermittelten den Eindruck, als seien nicht die Russen allein der Grund für die Flucht gewesen. Diese Vermutung, die mir während ihrer Ausführungen kam, machte ihr Flüchtlingsschicksal nicht gerade glaubwürdig für mich. Vielleicht tat ich ihr Unrecht, aber mir schien der Zwiespalt in den eigenen Reihen im mindesten so entscheidend. Es hatte Auseinandersetzungen gegeben in Berlin. Emma Weiß, Alberts Witwe, die böse, luxussüchtige Jüdin, war die Urheberin der Zwietracht gewesen. Sie hatte die Harmonie der Familie gestört und nur verbrannte Erde hinterlassen. Aus Marlens Mund klang es so, als fühlte sie sich übervorteilt, als sei sie zu kurz gekommen in dieser Familie. Eine nicht näher erläuterte Abneigung sprach aus dem, was sie über die Verwandten in Berlin zusammenmurmelte. Irgendein Professor sei das, Geld hätten sie und lebten in der Fasanenstraße in Charlottenburg. Immerhin hatte sie ein Bild zurückbekommen, das ihr Vater noch vor dem Krieg gekauft hatte. Georg Liebig hatte sich für Kunst interessiert, ein bisschen gesammelt. Freytag-Loringhoven hieß die Malerin, damals sei sie sehr bekannt gewesen, auf Tiere spezialisiert.

Auf der Photografie, die ich in Händen hielt, war von Russen und Krieg noch nichts zu sehen. Eine Gruppe hell gekleideter Menschen gesellt sich in und um einen Strandkorb. Ahlbeck 1937? 1938? Sie zogen hierher, noch bevor das zarte Kind eingeschult wurde. Das Nymphchen war asthmatisch. Sie brauchte das Seeklima dringend. Eine weitere Photografie zeigt sie an einem weißen Holztor am Tag ihrer Einschulung. Sie wirkt zauberhaft, wie ein hingehauchtes Engelchen, von einer großen Schultüte überragt, ein reizendes Kind, dem man Feines zutraut, aber keine Schnoddrigkeit, kein Durchsetzungsvermögen, nichts von dem, was diese Frau als Erwachsene unter Beweis stellen wird. Sie musste sich beweisen. Etwas sagt mir, dass sie das heute noch muss. Vielleicht war das der Kern des drohenden Konflikts. Ich sehnte mich nach einer schönen, weichen Mutter, nach einer sinnlichen, vom Leben verwöhnten Frau, die besser lächeln kann als bitterlich Ratschläge erteilen. Keine, die unkt und schimpft, sondern eine, die Lust auf das Leben hat und zeigt, wie schön die Sterne sind. Keine Ahnung, woher ich diese Wünsche hatte. Meine zweite Mutter entsprach ihnen nicht. Meine erste als erwachsene Frau sicher noch viel weniger. Ein Neutrum schien sie mir beim ersten Mal, und nun, da wir täglich telefonierten, schien sie mir täglich neutraler. Geschlechtslos und hart, als sei ihr ganzes Begehren in einen zornigen Willen geschossen. Ich stellte mir vor, sie hätte kein gutes Leben gehabt. Ich dachte an den Mann, den ich als so banal empfunden hatte, als er mir vor mehr als zwanzig Jahren auf dem Hof entgegenkam. Der Mann, den sie nie geliebt hatte, wie sie mir erklärte. Stimmte das? Egal, aber die Photografie dieses elfenhaften Wesens hatte mir gefallen, ein Wesen, das ich nur zu gern in die Arme genommen hätte und geschützt vor der Bitterkeit einer unzufriedenen Mutter.

Als dieses kleine Mädchen heranwuchs, wehten in Ahlbeck die Hakenkreuzfahnen. Ahlbeck war nazistisch, in dem kaum einen Kilometer entfernten Heringsdorf dagegen lebte bis zu seiner Enteignung das jüdische Großbürgertum. Diese Zeit, ihre Embleme und Stimmungen, müssen ihrem Gedächtnis entwischt sein, Marlen erwähnte sie mit keinem Wort. Emma, die Jüdin, die die Familie regierte, schien so wenig unter der braunen Herrschaft zu leiden wie ihre Kinder. Auf einer Photografie, die in dem Päckchen mit den Familienbildern war, saß die verhasste Großmutter im Strandkorb. Daneben stand Georg, mein Großvater, ihr jüngster Sohn. Er sah weder unerzogen noch verwahrlost aus, eher dandyhaft in seinem weißen Sommeranzug und passendem Hut, ein eleganter Kerl. Er gefiel mir. Die anderen erkannte ich nicht. Was war aus ihnen geworden? Was ist mit der bösen Emma passiert? Wie war es ihr gelungen, im verseuchten Ahlbeck den Nazis durch die Maschen zu schlüpfen? Ihre Spur ist verwischt, einige Jahre streichen über dieses Photo und schieben die Menschen weiter, in eine andere Gegend, und dann heißt es, Mutter und Tochter mussten fliehen. Das folgende Leid scheint sich so tief in das junge Mädchen eingegraben zu haben, dass die erwachsene Frau es hütete wie einen Schatz. Ihr Martyrium begann mit der Flucht von Usedom. Die schlimmsten Jahre kamen noch. Nach dem Krieg fand Georg keine Arbeit mehr. Seine Tochter ist der Meinung, er wollte keine mehr finden. Eigentlich hatte er nie welche gewollt. Internate, die der wohlsituierte Lausebengel alle abgebrochen hatte, entließen ihn ohne Abschluss. Da stand er in Berlin, verdingte sich ein bisschen als Reporter, lief den Frauen hinterher, bis er Johanna traf. Nahm sie ihn, weil er so gut aussah? Beide waren sie hübsch, finde ich, ganz außerordentlich attraktiv sogar, aber ganz schnell folgte die Katastrophe. Georg arbeitete nicht. Am Halleschen Tor bewirtschafteten sie gemeinsam eine Kneipe, der verwahrloste Junge aus gutem Haus und das schöne, arme Mädchen, das eigentlich Verkäuferin für Damenmoden war. Aber Georg lag nur betrunken im Bett, während seine Frau unten in der Wirtschaft die Gäste bediente, Streit schlichtete, noch eine Molle mit Korn servierte. Die Besoffenen freundlich, aber bestimmt nach Hause schickte. Johanna hasste diesen Betrieb. Das Kind war schon geboren, das zarte Blondchen, das entweder von der Kinderfrau durch den Park geschoben wurde oder im Wagen vor der Kneipe stand. Wie ein Animierdämchen, einfach vor der Kneipe im Kinderwagen. Sie war ein so freundliches Kind. Sie zog die Leute an, die ihr Geschenke gaben, Schokolade, süßen Kram. Aber die Mutter nahm es ihr weg. Ihre preußische Erziehung verhinderte, dass man das Kind zum Affen machte. Sobald das Mädchen alt genug war, nein danke zu sagen und zu knicksen, sagte sie nein danke und knickste dazu. Es gibt auch eine Photografie, auf der Georg lachend auf einer Wiese liegt, rücklings, seine Prinzessin hält er in die Luft, weit über sich. Vater und Tochter sehen aus, als quietschten sie vor Vergnügen. Und noch eine Photografie, die heute auf meinem Schreibtisch steht. Der Rauschgoldengel kuschelt auf dem sepiafarbenen Abzug mit einem Teddybär. Hinten drauf steht mit krakeliger Schrift »Da hatte der Teddi die Ohren noch.« All das war, bevor sie nein danke sagen und knicksen konnte. Das war noch lange vor der Flucht. Und Jahrhunderte vor meiner Geburt.

Endstation der Flucht war Bonn. Im goldenen Westen kündigte sich das Wirtschaftswunder an. Die Liebigs waren immer noch arm. Georg arbeitete immer noch nicht. Er hatte resigniert. Er schloss die Fenster und mit dem Leben ab. Manchmal ging er um die Häuser, während seine Frau zu Hause blieb und noch bitterer wurde. Herzkrank. Schlechter Laune. Die Vorform einer sich steigernden Bösartigkeit, in die sich die Härte ihrer preußischen Erziehung mischte. Sie wurde zu ihrem eigenen Vater. Sie gönnte sich nur noch das Ertragen ihres Schmerzes und die täglichen Vorwürfe, die sie ihrer Tochter machte. Die allein hatte ein offenes Ohr. Während Marlen ihrer herzkrank werdenden Mutter lauschte, träumte sie von einem anderen Leben. Sie wollte entkommen. Sie träumte von einem Beruf. Aber niemand schien die Zukunft im Auge zu haben. In der kleinen Sozialwohnung litten die Eltern an ihrer Vergangenheit.

»Und da haben Sie ihn kennengelernt, den Diplomaten?«

»Wen soll ich da kennengelernt haben?«

»Nun, als Sie mit Ihren Eltern in Bonn lebten, da haben Sie wohl meinen Vater kennengelernt, den Diplomaten.«

Sie lachte. Dröhnend. Als hätte ich einen Jahrhundertwitz gemacht. Es dauerte eine ganze Weile, bis sie sich wieder beruhigte. Mir schien, ihr schossen vor Amüsement die Tränen aus den Augen. Als könnte sie sich gar nicht mehr beruhigen.

»Kind, wer hat dir denn den Quatsch erzählt?«

»Meine Eltern. Sie sagten, mein Vater sei ein französischer Diplomat gewesen. Deswegen hätten Sie seinen Namen nicht genannt. Um ihn zu schützen.«

»Was für Ammenmärchen. Dein Vater ist ein dahergelaufener Kerl gewesen, Franzose ja, allerdings. Ohne Geld und ohne Erziehung. Charakterlos. Aus Marseille.«

Sie war so wütend, als sei es gestern passiert. Ich wagte nicht, weiterzufragen. Wieder gab sie mir das Gefühl, dass ich das alles hätte wissen müssen. Als wäre ich Zeugin dessen gewesen, was vor mehr als vierzig Jahren passiert war. Und als wäre, was passiert war, meine Schuld.

All das hat nichts damit zu tun, dass ich jetzt hier in Marseille auf den sonnenüberfluteten Hafen blicke und sehe, wie unten ein Skipper sein gerade eingelaufenes Boot vertäut. Es ist ein schöner Segler, mindestens vierzehn Meter lang, ein altes Boot aus Holz. Schiff müsste man eigentlich sagen dazu. Ich frage mich, wie lange es schon die Küste hinauf und hinunter gleitet und ob es schon jene Zeiten gekannt hat, in denen die eine Mutter gut einhundert Kilometer entfernt auf der Terrasse des Negresco saß, vor sich ihren Aperitif, so wie ich meinen jetzt, voller Hoffnung, dass es dieses Mal klappen würde mit dem Kind. Kurz bevor die andere Mutter den unbekannten Franzosen aus Marseille kennenlernte und es zu der Panne kam, hoffte die eine immer noch.

Es dauerte nicht sehr lange, bis wir anfingen, uns heftig zu streiten. Sie verabscheute den Mann, den sie im Herbst 1956 kennengelernt hatte, immer noch. Sie wollte nicht über ihn sprechen. Sie sagte, sie hätte seinen Namen vergessen. Ich glaubte ihr nicht. Das erboste sie. Er sei ein mieser Kerl gewesen, ein durch und durch schlechter Charakter. Ein dahergelaufener Hallodri, dem sie von Anfang an kein Wort geglaubt hätte. Größenwahnsinnig. Warum lässt sich eine Frau mit jemandem ein, den sie für einen größenwahnsinnigen Lügner hält?

»Du hast ja keine Ahnung«, herrschte sie mich an. Da hatte sie recht. Ich hatte keine Ahnung, was geschehen war. Und ich hatte keine Ahnung, warum sie so zornig wurde. Aber mir schien, als träte etwas auf den Plan, was sie so unbedingt hatte vergessen wollen, dass sie es nicht hatte vergessen können. Die ganzen Jahre mit ihrem Mann, das Leben auf dem Land mit den Pferden, ihre Arbeit als Lehrerin, die Freunde, die sie gefunden hatte und den Respekt, den man ihr, wie sie mir mehrfach versicherte, entgegenbrachte, hatten nicht auslöschen können, was damals geschehen war. In diesem Augenblick wurde ich zu ihm. Er wollte nicht wissen, hatte nie wissen wollen, niemals nachgefragt, wie es ihr ergangen war. Er hatte die Augen verschlossen und war verschwunden. Ich stand auf der falschen Seite.

Osnabrück. Ein später Nachmittag im November. Man hatte ihn zu einem Augenarzt gebracht. Bei seiner Arbeit im Eisenhüttenwerk hatte er sich am Auge verletzt. Metallspäne waren zwischen Lid und Hornhaut gedrungen. Das Wartezimmer war voll. Es dauerte lange, bis er an der Reihe war. Er sprach kein Wort Deutsch. Er war Franzose. Er kannte sich nicht aus.

Aha, hier also tauchte sie endlich auf, die Stadt Osnabrück, wo sie noch gemeldet war, als ich in Köln geboren wurde. Aber warum? Was hatte sie in Osnabrück gemacht? Marlen arbeitete dort als Sprechstundenhilfe. Bei dem Augenarzt, zu dem man Monsieur X gebracht hatte. Aus ihrem Medizinstudium war nichts geworden, sie musste arbeiten, um die Eltern zu unterstützen. Ein Onkel, der in Osnabrück lebte, hatte ihr die Stelle bei dem Augenarzt besorgt. Also war sie nach Osnabrück gezogen. Als der junge Franzose verarztet war, sagte sie, er solle bleiben und auf sie warten. Er hätte ihr leidgetan, sagte sie. An diesem Abend gingen sie zusammen fort. Er war ein bisschen jünger als sie, ein oder zwei Jahre, dreiundzwanzig, wenn sie sich recht erinnerte. Sie fand, er sah wie ein französischer Schauspieler aus. Daniel Jelong. Schelong, sagte sie. Ich habe in meinen Filmbüchern nach ihm gesucht, auch im Internet, sogar in der Cinemathèque in Paris. Ich, die ich über französische Filmgeschichte geschrieben habe, konnte mir nicht vorstellen, dass es einen Schauspieler jener Jahre gab, den ich nicht kannte. Ich graste alles ab. Fragte Cinéasten und andere Fanatiker. Ich habe nirgendwo einen französischen Schauspieler dieses Namens gefunden. Er blieb genauso im Nebel wie jener seltsame Platz in Berlin. Bella Janks.

Vielleicht konnte man anderes klären. Woran erinnerte sie sich? Er kam aus einer armen Familie, das jüngste von fünf Kindern. Aus einer armen Familie? Aber warum und wie kam er dann nach Osnabrück? Allein die Bahnfahrkarte musste doch für ihn ein Vermögen gekostet haben. Und warum in diese scheußliche Gegend, wenn man dort zu Hause ist, wo die Rosen- und Lavendelfelder sind? Seine älteste Schwester lebte in Georgsmarienhütte, um die vierzig sei sie damals gewesen, also mehr als fünfzehn Jahre älter als er, eine ganz, ganz arme Frau mit drei Kindern. Sie war mit einem Deutschen verheiratet gewesen, der kurz nach dem Krieg gestorben war und sie mit den drei Gören zurückgelassen hatte. Sie arbeitete als Kranführerin, ein unglaubliches Weib, eine wirklich emanzipierte Frau. Aber bitterarm. Sie verstanden sich nicht besonders, Bruder und Schwester. Er wohnte zwar bei ihr, benahm sich aber wie ein Scheusal. Brachte den Kindern nie etwas mit. Deswegen, wegen der Schwester war er gekommen. Wegen einer Schwester, die er nicht mochte? Machte das Sinn? Klar machte das Sinn. Er war berechnend. Er dachte sich was dabei. Ja, aber was?

Und wie war die Schwester nach Deutschland gekommen, 1946, so kurz nach dem Krieg? Na, das sei doch klar, durch den Mann. Der war doch Deutscher. Da hatte ich plötzlich eine Idee. Ich fragte sie, ob ihr das niemals komisch vorgekommen sei, eine Französin direkt nach dem Krieg in Feindesland. Sie konnte doch nicht damit rechnen, gut aufgenommen zu werden.

»Haben Sie sich nie Gedanken darüber gemacht, wie das möglich war, eine Französin und ein Deutscher, direkt nach dem Krieg?«

Sie schien über Frankreich wenig zu wissen, vielleicht sogar nichts. Kannte sie den Ausdruck Poule à Boches? Nein, den kannte sie nicht. So nannte man die Französinnen, die sich mit einem Deutschen eingelassen hatten. Nazihühner waren das. Wusste sie, was denen nach dem Krieg in Frankreich blühte? Sie hatte nie davon gehört. Man hatte ihnen die Köpfe kahl geschoren, öffentlich. Auf den Dörfern wurden sie mitunter vergewaltigt, nacheinander von den Dorfbewohnern, die damit Rache nahmen. Und die Frauen, die, die sauber geblieben waren, guckten zu. Wer also war diese Frau gewesen?

Alles, was Marlen dazu sagen konnte, hatte sie bereits gesagt. Jetzt war es sowieso zu spät nachzuforschen. Ich hatte es mir selbst zuzuschreiben, dass ich damals nicht am Ball geblieben war. Ich hätte ja nachfragen können, damals, als wir uns kennenlernten.

»Warum hast du das nicht gemacht?«

»Ich – ich habe es nicht verkraftet. Meine Eltern,

mein schlechtes Gewissen. Ich wusste nicht, wie ich damit fertigwerden sollte.«

»Du wirst sowieso nie damit fertigwerden, weil das in deinem Charakter begründet ist.«

»Was soll das denn heißen?«

Dieser Franzose, er hatte nie Geld. Er war ein Egoist, ein schlechter Charakter. Natürlich sei er gekommen, weil er arm war. Zum Geld verdienen. Kam eben aus so einer armen Gegend. Diese Armut, überall zu dieser Zeit, ganz egal wo.

Armut? Ende der fünfziger Jahre? In Marseille? Ich kannte die Stadt zur Zeit unseres Gespräches noch nicht. Meine Mutter, die zweite, hatte immer behauptet, dass Marseille hässlich sei. Ich weiß nicht, ob ich deswegen nie dort gewesen bin, vorbeigefahren bin ich oft genug. Als ich gestern mit dem Leihwagen durch die Straßen fuhr, ein bisschen Achterbahn, Hügel rauf, Hügel runter, konnte ich gar nicht fassen, wie schön sie ist. Mediterran. Gleißendes, vielfarbig schimmerndes Licht. Pastellfarbene Häuser. Und jetzt, mit dem Blick auf das Hafenbecken, den späten Nachmittag, den Ornamenten, die Wasser und Sonne auf die Fassaden spielen, möchte ich gar nicht mehr von hier fort. Ich wünschte, Viktor und ich gingen auf Posten zum hiesigen Generalkonsulat, anstatt zurück nach Afghanistan. Aber als wir sprachen, hatte ich das alles noch nicht gesehen. Ich konnte auch nur in der Geschichte kramen. Die Stadt war alt und immer besonders gewesen. Über Jahrhunderte. Sie war es auch in ihrer dunkelsten Zeit während der Nazi-Besatzung geblieben. Der Maquis, der französische

Widerstand, war hier zu Hause. 1942 wurden zwischen Marseille und Toulon von den Deutschen französische Schiffe versenkt. Die Nazis besetzten die Hafenstadt und blieben zwei Jahre. 1944 landeten alliierte Truppen in St. Tropez und befreiten Marseille. Hatten sich die spätere Kranführerin und ihr deutscher Ehemann in den Jahren zwischen '42 und '44 hier kennengelernt? Meine Tante jedenfalls hätte gute Gründe gehabt, mit ihrem deutschen Geliebten das Land zu verlassen. Aber ihr kleiner Bruder, mehr als zehn Jahre später? Die Côte d'Azur blüht, Prominente reißen sich die Küste unter den Nagel. Dagegen sind die glamourösen zwanziger Jahre der ersten amerikanischen Touristen Nostalgie. Nicht nur Künstler wie Pablo Picasso und Henri Matisse leben jetzt hier. Jetzt kommt das große Geld, der Film, die neureichen Tycoons. 1956, als Monsieur X in Richtung Teutoburger Wald aufbricht, dreht Roger Vadim hier mit Brigitte Bardot *Und ewig lockt das Weib*. Die Côte beginnt, für jeden Olivenbauern eine Goldgrube zu werden – abgesehen von der Parfumindustrie, dem Filmfestival in Cannes, der Spielbank in Monte Carlo, Grace Kellys Hochzeit mit Rainier von Monaco … Was will dieser Franzose also in Osnabrück, im Eisenhüttenwerk, wo er in seiner paradiesischen Heimat mit dem kleinen Finger Gold schürfen könnte? Die Sonne steht dort jeden Tag am Himmel, Zugereiste fressen einem aus der Hand. Was für ein bizarres Rätsel ist das? Hatte er eine Sonnenallergie?

Von all dem wusste sie nichts. In Frankreich war sie nie gewesen. Sie wüsste nicht, wie es da zugegangen sei. Sie hätte andere Sorgen gehabt. Aber hatten sie denn nicht darüber gesprochen? Sie waren verliebt, da will man sich doch kennenlernen. Da erzählt man einander doch, wie es dort ist, woher jeder kommt, was die Leute machen, wie dort gegessen, getrunken wird, ob die Sonne scheint oder ob es regnet. Was die Menschen erwarten vom Leben und warum man hier gelandet ist. Gerade wenn der andere das nicht weiß, spricht man darüber. Erklärt sich gegenseitig die eigene Herkunft und Geschichte. Und fantasiert in die Zukunft. Hier oder dort.

Sie verstummte.

Tagsüber hatte sie, nachdem sie den kleinen Franzosen kennengelernt hatte – »der hatte wie du ganz kurze Beine« – jetzt immer ein Lied gesummt, *Domino, Domino* … Sie fühlte sich fern von ihren Eltern, das tat ihr gut, der Himmel über ihr öffnete sich, ihr Schritt wurde leichter. Sie hatte da so eine Idee. Darüber wurde es langsam Winter. Es war im Dezember, kurz vor ihrem Geburtstag, dass sie wieder mit ihm schlief. Sie erzählte mir ganz genau davon, beim nächsten Telephongespräch, so genau, wie keine Tochter es von der Mutter wissen will. In einer Scheune war es, sagte sie, kurz vor Weihnachten, wo es in allen Scheunen Europas kalt sein muss. Er hatte gesagt, er könnte nicht, er hätte seine Manneskraft verloren, und sie sagte, na, dann warten wir eben. Und dann hätten sie doch noch gefickt. Ich zuckte bei dem Wort zusammen, das in meiner Generation so gebräuchlich ist, vulgär, ja, aber durchaus gebräuchlich. Meine andere

Mutter hätte es zu keiner Zeit ihres Lebens über die Lippen gebracht, nicht einmal unter Hypnose. Und ich mochte es einfach nicht, dieses Wort. Es war wie ein Hieb mit der Hundepeitsche.

»Und das war's dann.«

»Das war was?«

»Na, die Panne. Du. Als wir dann fickten, bist du gezeugt worden.«

Sie hasste diesen Mann immer noch. Wenn sie mit mir sprach, hatte ich das Gefühl, das, was sie sagte, sei auch an ihn gerichtet. Sie konnte sich nicht verzeihen, dass sie sich mit ihm eingelassen hatte. Vielleicht ist er ein mieser Charakter gewesen, mag sein. Aber mir gelingt es nicht, mich von seinem Erbe zu distanzieren, nur das ihre anzuerkennen. Ich will beide. Eine Hälfte von mir ist von ihm. Ich hätte nicht mehr fragen müssen, warum sie mich fortgab. Aber natürlich tat ich es doch.

»Ich musste. Ich hatte keine Wahl. Eine Abtreibung konnte ich mir nicht leisten.«

Ich stelle sie mir vor, wie sie einander gegenüberstehen, die große blonde, jungenhafte Frau mit den schmalen Hüften, den breiten Schultern, den langen Beinen. Sonst energisch, hilflos jetzt. Ihre Augen betteln ihn an. Was hat sie in ihm gesehen? Eine Verheißung? Den Süden? Das Licht? Die Lavendelfelder? Aber von all dem wusste sie ja nichts, sie war nie dort gewesen, und sie hatten nicht davon gesprochen. Mochte sie den Klang der Provence? Hatte ihr gefallen, wie sie die Endungen dort sprechen? War sie entzückt davon, wenn sie miteinander diese fremde

Sprache sprachen, deren Klang so weit entfernt ist von dem abgezirkelten Pariserisch? Und noch weiter entfernt von ihrer eigenen sprachlichen Schroffheit, dem schnoddrigen Berliner Ton?

Das fragte ich sie erst später.

Sie sagt ihm, dass sie schwanger ist. Der miese Kerl will nichts davon wissen. Er will sie nicht, nicht das Kind. Sie geht zu ihrem Onkel. Der Gang wird ihr schwer. Es ist demütigend, ihn ins Vertrauen zu ziehen. Aber der Onkel will helfen. Er trifft sich mit dem dahergelaufenen Franzosen, der sich seiner Verantwortung entziehen will, und bittet ihn, die junge Frau zu heiraten. Der Typ lacht lauthals. Diese *Boches* haben wohl einen Knall. Er lacht sich halb tot. Er schüttelt den Kopf. Wenige Tage später ist er verschwunden. Er kehrt nicht zurück. Lässt nie mehr von sich hören.

Für Marlen beginnt eine traurige Zeit. Sie reist nach Bonn, um ihren Eltern zu sagen, was geschehen ist. Schon in dem Augenblick, als sie ihre Tasche in der Wohnung abstellt, überkommt sie Beklemmung. Diese Enge. Diese Trostlosigkeit. Die Spannung, die zwischen den Eltern herrscht. Ihre Mutter, die inzwischen wie die Großmutter aussieht, abgearbeitet, das ehemals so schöne zarte Gesicht bitter und verhärmt, ist böse geworden. Aus Berlin hört man nichts. Die Verwandten sehen herab auf diesen Familienzweig, den es in den Westen gespült hat, sehen herab auf die Leute, die es nicht geschafft haben, das deutsche Wirtschaftswunder für sich zu nutzen. Versager sind sie, zu dritt auf siebenundfünfzig Quadratmetern Sozialklitsche, erniedrigend, diese Armut, die Enge, die Ausweglosigkeit, die Lethargie. Ihr Vater redet nicht. Keiner der beiden freut sich, sie zu sehen. Marlen liefert wie immer Geld ab, bis zum Lebensende der Eltern wird sie für die beiden sorgen. Dann geht sie, wie jedes Wochenende, als sie noch in Bonn wohnte, mit der Mutter auf den Markt.

»Du hast doch was.«

Sie trägt das Zeug nach Hause. Sie stehen in der Küche, die Mutter sieht sie an.

»Hurenstück, du bist schwanger.«

Da hatte sie die Entscheidung noch nicht getroffen. Es gab auch Mütter, die gesagt hätten, wir schaffen das schon. Aber nicht diese. Meine Großmutter beschimpft ihre Tochter, eine Schlampe zu sein. Schande, das war ein Wort, das passte auf ihren Hass und die Demütigung, als die sie ihr eigenes Leben empfand. Erst dieser Mann. Jetzt diese Tochter. Ein Bastard, das ist zuviel. Marlen fleht, das Kind behalten zu dürfen. Zynisch fragt die Mutter, wovon sie es ernähren will. Marlen weint. Sie schluchzt, sie würde nur dieses Kind haben, nur dieses eine. Weiß sie, dass sie recht behält? Wusste sie wirklich, dass ich ihr einziges Kind bleiben würde, oder sagte sie mir das nur, um die Dramatik des Geschehens zu erhöhen? Sie unterliegt. Ihre Mutter, die Familie, die Schande ist stärker als ihr Wunsch, mich zu behalten. Es ist die Schande und die Armut. Es ist, dass man sie ganz alleine lässt und ihr sagt, sie dürfe erst wiederkommen, wenn sie den Balg losgeworden ist.

Das war im Januar oder Februar. Für eine Abtreibung hätte sie ins Ausland reisen müssen. Das hätte sie nie bezahlen können. Und dann auch noch die fremde Sprache. Sprachen waren ihre Sache nicht. Das alles hätte sie noch unsicherer gemacht. Aber sie sprach doch Englisch. Ein paar Worte, viel hatte sie auf der Schule nicht gelernt. Es war ja Krieg gewesen. Und danach hatte sie arbeiten müssen. Aber Französisch sprach sie doch auch? Sie schweigt.

Schließlich kam sie auf die Idee mit der Adoption. Es gab Krankenhäuser, in denen Frauen wie sie für ihre Entbindung arbeiten konnten. Als Hilfsschwestern. Also tat sie das. Kranke waschen. Essen austeilen. Die anderen Schwestern waren nicht gerade freundlich. Verachtung schlug den Frauen entgegen, die sich ein Kind hatten andrehen lassen. Aber sie musste eben da durch. Und nach der Entbindung wartete eine Ausbildung auf sie. Sie würde Lehrerin werden. Es gab da einen besonderen Studiengang für Frauen wie sie. Immerhin das. Nicht Medizin, aber doch eine akademische Ausbildung. Das war besser als nichts. Es war ein langer, elender Sommer, einsam und voller Demütigung. Sie sah ihre Eltern nicht, keine Freunde, keine Verwandten. Sie leerte Bettpfannen, überzog Matratzen, hielt Nachtwachen, bis die ersten Wehen kamen. Die Stationsschwester war bis zum Schluss unerbittlich. Sie hatte diese Art, es einen fühlen zu lassen. Kurz danach verließ Marlen das Krankenhaus. Sie hatte viel Blut verloren. Sie hatte sich unendlich schwach gefühlt, noch Tage danach. Aber erstens reichte das Geld nicht für einen weiteren Tag und zweitens wollte sie fort. Immer wieder hatten sie versucht, ihr das Baby unterzuschieben. Was hatten die sich nur dabei gedacht? Der Arzt, die Hebamme, die Schwestern? Eine Ausbildung wartete auf sie. Ein neues Leben. Andere Menschen. Sie hatte eine Entscheidung getroffen. Sie ganz allein. Sie musste vergessen. Sie glaubte daran.

Der Skipper hat sein Schiff vertäut. Er ist von Bord gegangen und sitzt jetzt ein paar Tische weiter. Vor ihm steht ein Bier. Ich schaue ihn mir genau an. Er ist zu jung. Viel zu jung. Seit ich wusste, dass wir nach Marseille reisen würden, schwimmt diese Vorstellung durch meinen Kopf. Was wäre, wenn ich ihn zufällig träfe? Erkennte ich ihn? Sehe ich ihm so ähnlich wie meiner Urgroßtante, der arroganten Else? Was, wenn er mit H.d.M.s Schwägerin verwandt ist, der schönen Toten aus Aix, der ich auch ähnlich sein soll? Was, wenn er, der Hallodri, der Hasardeur, doch jener Alphonse Steiner ist, den ich im letzten Dezember mitbegrub? Der kleine dreckige Franzose könnte nach Paris gegangen sein und dort sein Glück gemacht haben, avanciert zu einem Bankier und dann zu einem ehrwürdigen Toten.

Ich frage mich auch, ob ich ihn vielleicht auf der Hochzeit treffe. Unser Paar heiratet in den Hügeln der Provence, vollkommen unbekanntes Kaff. Was für ein Zufall. So etwas gibt es nur in der Wirklichkeit, dass Viktors jüngster Bruder in Washington eine Belgierin kennenlernt, deren Vater einen Besitz in Südfrankreich hat, direkt um die Ecke von dort, woher mein Vater kommt. Wer hat je vorher von Noyer gehört? Oberhalb von dort in den Hügeln steht ein kleines Kirchlein. Seit hundert Jahren hat kein Priester hier mehr einen Gottesdienst abgehalten. Das die Kirche umgebende Dorf ist nur noch eine Ruine. Das Brautpaar hat diesen Ort bei einem Spaziergang entdeckt und sich in den Kopf gesetzt, sich dort trauen zu lassen. Die Stühle müssen wir selber mitbringen. Was, wenn Noyer das Kaff ist, in dem Monsieur X zu Hause war? Oder Aix? Vielleicht bewirtschaftet er irgendwo in den Bergen einen Olivenhain. Oder weiter westlich bei Nizza einige Lavendelfelder. Oder ist er schon tot? In den Siebzigern gestorben, weil er unten im Hafen Drogengeschäfte machte, bevor man die French Connection auffliegen ließ? Müsste ich nicht durch die Straßen laufen und suchen? Nach Anhaltspunkten, nach Gesichtern?

Marlen schickte mir nicht nur die Photos ihrer Familie. Sie schickte mir sogar den Brief ihrer tollwütigen Mutter. Sie erzählte mir von deren Tod, wie sie die Pferde endlich gekauft hatte, eine heimliche Leidenschaft, die einzige, die sie sich außer den schnellen Proletenautos gönnte. Sie erzählte davon, wie sie das Haus im Rheinland gekauft hatte, gemeinsam mit ihrem Mann, den sie irgendwann heiratete, als sie in ihren Dreißigern war. Es war ihre einzige Möglichkeit, sich von den Eltern zu entfernen. Sie bekamen keine Kinder, weil er unfruchtbar war. Sie war offen, entgegenkommend, vertrauensvoll. Aber immer wieder rastete sie aus. Und sie weigerte sich, an diesen

Mann zu denken, der mein Vater war. Sie sagte, sie könnte sich nicht erinnern. Dieser Mann sei in ihrem Gedächtnis ausgelöscht. Ein blinder Fleck. Ich wollte ihr nicht glauben. Ich wollte meinen Vater. Einen Namen. Sein Gesicht. Er, nicht sie, wurde mit jedem Telephongespräch wichtiger für mich.

»Hast du eigentlich diesen wunderschönen Blumenstrauß zu deinem vierzigsten Geburtstag bekommen?«

Im ersten Moment dachte ich, ich hätte mich verhört. Aber dann begann sie, jenes scheußliche, flitterbesprühte Bouquet so genau zu beschreiben, dass ein Irrtum unmöglich war.

»Ich hielt es für eine unerwünschte Überraschung meines Vaters.«

»Deines Vaters?«

»Ja, meines Adoptivvaters, zu dem ich vor Jahren den Kontakt abgebrochen habe. Er hatte diese Art, immer seine Frauen einzuspannen.«

»Aber es war doch eine Telephonnummer dabei.«

»Die rief ich an und sagte, dass ich mit ihm nichts mehr zu tun haben wolle. Die Dame, die trotz meiner Nachfrage nicht gesagt hat, wer sie ist, wollte das ausrichten.«

Die Dame, deren Namen ich immer noch nicht weiß, hatte meinem Vater natürlich gar nichts ausgerichtet. Sie kannte ihn ja nicht. Sie handelte in Marlens Auftrag. Eine Freundin von ihr, die in derselben Stadt wohnte wie ich, eine Frau um die fünfzig, eigentlich war es mehr als eine Freundschaft, ein

Verhältnis wie Mutter und Tochter. Diese Freundin hätte ganz legal über das Telephonbuch festgestellt, wo ich wohnte. Marlen beschrieb mir mein Arbeitszimmer, das von der Straße aus zu sehen war, die eingebaute Bibliothek, die dunklen Vorhänge und die chinesische Vase, die immer gefüllt mit weißen Lilien auf der Fensterbank stand. Sie selbst war nie dort gewesen. Die Frau hatte ihr immer Rapport gegeben, auch, wann ich arbeitete, oft bis spät in die Nacht, dass ich täglich joggte, regelmäßig ritt. In den folgenden Jahren hätte sie versucht, mich zu meinem Geburtstag zu erreichen, aber niemals ein Echo bekommen. Wo ich denn gewesen sei? Wie unter Hypnose ging ich die Jahre durch ... 1997 Brüssel, 1998 zu Hause, 1999 Venedig, 2000 New York, 2001 Hamburg ... Sie hätte es dann aufgegeben, da ich nie zu Hause gewesen sei.

»Warum haben Sie sich nie gemeldet? Warum haben Sie nicht selbst angerufen?«

Ich hatte den Eindruck, dass meine Stimme tonlos klang.

Sie antwortete nicht.

Wenn ich nicht abnahm, sprach sie nicht auf Band. Wenn ich abnahm, nannte sie nicht ihren Namen. Sie sagte nur Hallo. Mir wurden die Telephongespräche immer schwerer. Es war klar, dass ich über sie nichts herausfinden konnte, was meinen Vater betraf. Ob sie etwas wusste oder nicht – in dem einen Fall wollte sie, im anderen konnte sie nichts sagen. Mein exorzistischer Versuch war ins glatte Gegenteil gemündet.

Statt etwas loszuwerden, drohte ich mich in etwas zu verwickeln. Das war genau das, was ich nicht wollte. Vor allem nicht nach der Maßgabe von Rätsel und Geheimnis.

Ich nahm immer seltener ihren Anruf entgegen. Ich genoss meinen ersten Berliner Sommer. Die Hitze in der Stadt erfüllte mich mit Entzücken. Sie erinnerte mich an den Süden, mein Jahr in Florenz, die Sommer in New York und hatte doch eine eigene, besondere Qualität. Alles stand offen, die Stadt veränderte sich ununterbrochen und durch die ausgestorbenen, glühenden Straßen hallten ab und zu die Rufe der Fans, die die Spiele der Fußballweltmeisterschaft verfolgten. Ich versuchte, die Verbindung zu Marlen wegzuschieben, aber der sinistre Beigeschmack blieb. Ich merkte, dass ich sie loswerden wollte. Da sie ihre Erzählungen zensierte, interessierten sie mich bald nicht mehr. Genauso wenig mochte ich die Deutungshoheit, die sie sich selbst zuschrieb. Immer wieder kam sie auf ihre Eltern zu sprechen, vor allem auf ihre Mutter, die sie selbst noch beherrscht hatte, als sie längst fort von Bonn, längst in ihrem Beruf, längst meiner ledig, längst verheiratet war. Sie hatte das Haus auf dem Land groß genug gekauft, damit ihre Eltern zu ihr ziehen konnten. Aber ihre Mutter weigerte sich. Ihr Vater schließlich gab nach, als seine Frau gestorben war. Mir schien diese Kind-Eltern-Verbindung perfide, vor allem die meiner Großmutter zu ihrer Tochter, als hätte die Alte sich das empfänglichste, weil schwächste Glied für ihre Sadismen ausgesucht. Alle Versuche, der zerstörenden Lust dieser

Greisin zu entkommen, schienen in einem dumpfen Schuldbewusstsein versickert zu sein. Niemand, auch nicht Marlens blasser Ehemann schien ihr da rausgeholfen zu haben. Im Gegenteil, phantasierte ich, der Typ hat sie schuften lassen und unter Verschluss gehalten, auf dem Land, fern von dort, wo man andere Ideen entwickeln kann. Auch er hatte kein Verständnis für die Not seiner Frau gehabt.

Hallo, sagte sie, immer nur Hallo, als sei sie niemand, nichts. Es war bei einem dieser Telephonate, dass ich sie fragte, ob sie wenigstens seine Sprache gemocht hätte, den südfranzösischen Ton, ob sie gerne mit ihm Französisch gesprochen und worüber sie sich überhaupt unterhalten hätten, wenn nicht über ihre gegenseitigen Träume und sein unbekanntes Land. Und da sagte sie, sie verstünde kein einziges französisches Wort. Nie hätte sie eines gesprochen. Bis heute nicht. Sie hätte Frankreich nie besucht, auch nicht mit ihrem Mann, der hätte seine Reisen vor ihrer Ehe gemacht und danach nicht mehr von dort fort gewollt, wo sie lebten. Da packte mich Zorn. Vielleicht vermischte er sich mit ihrer Hilflosigkeit. Was war da geschehen, all die Jahre? Wofür hielt sie mich, dass sie meinte, mir so wirres, ungereimtes Zeug erzählen zu können? Wie konnte sie wissen, von Anfang an, dass mein Vater gelogen hatte, wenn sie nichts von dem, was er sagte, verstand?

Es war wie eine Eingebung, die mir kam, als sie sagte, dass sie kein Französisch spräche. Ich nahm einen historischen Führer von Berlin zur Hand und suchte den Platz in der Nähe des Halleschen Tors. Belle Alliance. Nicht Bella Janks. Heute heißt er Mehringplatz. Hässliche Gegend. Damals wunderschön.

Tage danach war ich noch voller Zorn. Ich ging nicht mehr ans Telephon. Ich versuchte, alles zu vergessen: die Macht, die in ihrem Schweigen über meinen wirklichen Vater lag, vielleicht die einzige Macht, die sie je in ihrem Leben besessen hatte; ihre Behauptung, alles vergessen zu haben, was diesen Mann betraf und den Appetit, der in ihrem Tonfall mitschwang, wenn sie das sagte. Ihre Deutungshoheit der Geschichte, die nicht nur ihre, sondern auch meine Geschichte war. Ihre Theorie von meinem Größenwahn und die Behauptung, ich würde sowieso nie damit fertig, weil das in meinem Charakter begründet sei. Immer wieder war sie darauf zurückgekommen. Ich wusste nicht, was sie damit meinte. Mich erinnerte der Begriff vage an Weiningers Schrift *Geschlecht und Charakter*, an Pamphlete, die Festschreibungen dienten, als Absicherung eigener Panik. Charakter – für sie schien dieser Begriff eine Offenbarung zu sein. Ich bekam einen Brief von ihr, in dem sie mir eine seltsame Theorie auftischte, dieses Mal nicht, ohne auf die Quelle zu verweisen. Es handelte sich um ein Buch, das sie leider erst in hohem Alter gelesen hätte, ein Buch, das eine Theorie darlegte, die sie den Schlüssel zu allem Menschlichen nannte. Hätte sie früher davon gewusst, hätte ihr Leben eine andere Wendung genommen. Sie schloss damit, dass ich arrogant sei und mich selber entlarven würde.

Am Nachmittag setzte ich mich hin und antwortete ihr. Ich schrieb, ich kennte weder den Autor noch das Buch, Charaktertheorie aber erschien mir seltsam obsolet, damit könnte ich nichts anfangen. Und dann ging mein Zorn mit mir durch. Ich warf ihr Dinge vor, die ich längst vergessen habe. Ich erinnere mich nur, dass darin auch vorkam, sie hätte mir nichts zu sagen, denn das Recht auf Vorwurf läge bei mir. Außerdem glaubte ich ihr nicht. Ich fände sie wenig überzeugend, eng im Denken und armselig in ihrem Leben. Schließlich, in voller Rage, legte ich nach. Ich wüsste längst, wer mein Vater sei. Ich hätte ihn im letzten September in Paris begraben. Und im Gegensatz zu ihr, die nie seine Sprache gesprochen hätte, spräche ich seine Sprache, liebte sie und verstünde sie gut. Zwei Tage danach klingelte das Telephon. Sie sagte, wir würden nie wieder Kontakt miteinander haben. Ich hätte sie glauben gemacht, ich suchte nach meinem Vater, dabei hätte ich ihn längst gefunden. Menschen, die sie belügen würden, dulde sie nicht.

Nach einiger Zeit verblasste der hässliche Streit. Übrig blieb der schwebende Zustand, in dem ich meine Kindheit, meine Jugend verbracht hatte, bevor das Verdrängen, dann das Vergessen kam. Ich fragte mich, ob ich sie je wieder anrufen würde, ihrem Verbot zum Trotz. Alles, was ich zu meinem Fall angesammelt hatte, einschließlich der Briefe, meiner Abstammungsunterlagen und der Informationen, die Frieder Graf mir hatte zukommen lassen, warf ich in den Müll. Ganz bewusst verbrannte ich sie nicht. Ich wollte, dass sie in der Tonne, im Abfall landeten und nicht ehrenvoll, gar mystisch angehaucht verbrannten und dann zu Asche verlöschten. Nur das Spitzentaschentuch von H.d.M. behielt ich. Es hatte nichts mit dieser trostlosen Geschichte zu tun. Es war mir in einem Akt des Mitgefühls überlassen worden. Und dann überwältigte mich vor einigen Wochen wieder die Verlorenheit. Immer noch waren die Zweifel um meine Geschichte nicht beschwichtigt. Sie hatten nur das Schicksalhafte eingebüßt. Ein Machtspiel. Aber ging es wirklich nur um Macht? Ich beharrte darauf, diese Geschichte, die nun bis in die Gegenwart reichte, zu verstehen. Ich wollte auch die Frau verstehen, obwohl ich den Eindruck hatte, dass wir uns nie verständigen könnten. Zwischen uns stand der wechselseitige Schmerz, durchmischt von einem fast archaisch anmutenden Zorn, mit dem wir um uns geschlagen hatten wie mit Schlamm. Der Wunsch, zu verstehen, siegte. Der letzte Ausweg schien das Buch zu sein, von dem sie mir vorgeschwärmt hatte, *Charakter und Bestimmung*. Das amerikanische Original hieß *The soul's code*. Schon auf dem Weg von der Buchhandlung zurück nach Hause begann ich zu lesen. Mit jeder Seite schwankte ich mehr zwischen ungläubigem Staunen und Amüsement. Das Buch kam weder einer Offenbarung gleich noch konnte es den Anspruch erheben, einen philosophischen Gedanken darzulegen. Es war Müll. Nichts als ein geschwätziges, zusammengestoppeltes Gewölle der antiken Idee des göttlich inspirierten *daimon*. Der Autor, angeblich ein Schüler C. G. Jungs von internationalem Rang, hatte das poetische Bild des *Werde, der du bist* als Ratgeber zusammengeschustert und mit Beispielen historischer wie aktueller Celebrities gewürzt. Dieser Küchenphilosophie zufolge hatte Marlen sich gar nicht entschieden, mich zur Adoption zu geben. Noch hatte sich das unglückliche Ehepaar dazu entschlossen, mich an Kindes statt anzunehmen. Es war mein *daimon*, der mein Schicksal bestimmte, nachdem er das *Los* gezogen hatte. Er hatte sie und den französischen Lügner zusammengeführt, um meinen physischen Körper zu zeugen und mich weiterzuführen in eine andere Familie. Alle anderen waren nur willige oder unwillige Vollstrecker dieser unheimlichen Geschichte. Nur war ich, störrisch, wie ich mich gab, nicht bereit, dieses Schicksal und seinen Lenker anzuerkennen. Ich war uneinsichtig, unbelehrbar und litt an dem Größenwahn, mein Leben dem vorbestimmten Fatum entreißen zu können. Mein Wesen stand meinem *daimon* entgegen. Ich selbst war mein Verderben. Endlich begriff ich, was sie hatte sagen wollen, als sie heraufbeschwor, du wirst mit dieser Geschichte niemals fertigwerden, weil das in deinem Charakter begründet ist. Ich begriff, dass sie mir unzugänglich war und unzugänglich bleiben würde.

Ich stellte mir vor, wie groß ihr Schmerz über ihre eigene Kindheit gewesen sein musste, um dieses irrwitzige Zeug für die Wirklichkeit zu nehmen. Die

Verwirrung über das Unglück ihrer Eltern, das sie nicht lindern konnte. Der Versuch zu entkommen hatte sich in dem Achselzucken meines Vaters verfangen. Also setzte sie dieses Leben fort. Sie blieb, wo sie war. Festgenagelt von ihrem Pflichtgefühl.

Noch einmal beschwor ich das Bild ihrer gnadenlosen Mutter herauf, Tochter eines gnadenlosen Vaters. Sie hatte seine Prinzipienmanie preußisch genannt, als hätte sie den Soldatenkönig im Auge gehabt. Anstatt sich auf dem Absatz umzudrehen und vor der dumpfen Atmosphäre zu fliehen, hatte Marlen der Mutter bis zum Schluss die Treue gehalten, gebunden an die Verpflichtung, deren mangelhaftes Leben aufzuwiegen. Marlen muss von gespenstischer Disziplin beseelt gewesen sein. Sie hat ein Leben ohne Liebe in Kauf genommen. Am Ende blieb ihr eine zynische Theorie, die alles an den vermeintlich notwendigen Platz zu rücken wusste. Ein Satz begleitete mich bei diesen Gedanken wie ein Epitaph. *Der Glaube an die Mutter wurzelt in der faszinierten Angst vor einer Armut: der Armut der Sprache*, schreibt Julia Kristeva. Das heißt, das Kind fürchtet mitunter, die Entwicklung seiner Sprache reiche nicht, sich die Welt anzueignen. Selbst zu werden. Da war sie, die so häufig zitierte Armut. Marlen hatte ihr Leben in diesem Bangen verbracht. Die Furcht vor Armut hatte ihren Blickwinkel geprägt, wörtlich wie im übertragenen Sinn. Sie war das, was sie zuerst wahrnahm und was alle anderen Verhältnisse färbte. Die materielle Armut, die Armut an Verständigung und Zuneigung, des Zugangs zur Welt, die Armut an

Verbindung und Zusammenhang. Die Armut der Sprache. In der faszinierten Angst vor dieser Armut hatten wir uns kurz getroffen. Mein Glaube an sie war jener bizarren, für ein Kind inhaltslosen Angst entsprungen, die ihr die Allmacht gab über mich: Faszination durch Verschwinden. Abwesenheit. Ein nie endender Mangel. Intuitiv wusste ich darum, als wir uns das erste und einzige Mal trafen. Und hatte nach dem alles klärenden und erklärenden Vater verlangt. Der Unbekannte. Monsieur X. Das Geheimnis hätte nur sie zu lüften vermocht. Ich habe, seit ich denken kann, immer ein Geschehen hinter den Fassaden vermutet. Die Faszination der Rätsel. Der Zwang, aus allem eine doppelte Bedeutung zu lesen, war überall.

Viktor tritt von hinten an mich heran und fragt, ob ich noch etwas trinken möchte. Ich nicke. Ich fasse ihn um die Handgelenke. Schlüpfe mit den Füßen aus meinen Sandalen und stemme die Zehen gegen das Eisengitter des Balkons. Die Sonne sinkt, bald ist sie im Wasser verschwunden, das noch violetter, noch dunkler im Ton geworden ist.

»Und essen? Wir könnten uns mit meiner Schwester treffen und ihrem Freund. Sie sind angekommen. Ich habe eben mit ihr telephoniert.«

Ich muss lächeln. Natürlich treffen sie sich alle zur Hochzeit in Noyer. Familien. Dynastien. Ein Glaubensbekenntnis, von angescheuerten Gebetsriemen zusammengehalten. Ist es der Ort, der mir plötzlich die Distanz erlaubt? Das Sammelsurium meiner Heiligenverehrung scheint in die Schublade eines Kramladens zu passen. Der Tote von Passy, das gnadenlose Preußen, das Militär, die Schinkelschen Monumente, das Familiengrab auf dem Luisenstädter Friedhof, der Strandkorb in Ahlbeck und die arrogante Tante, der ich so ähnlich sein soll: alles geschrumpft auf Spielzeugformat. Auch Zürich, die bürgerliche Fassade und jene unglückliche Ehe, die den zweiten Schatten über meine Kindheit warf. Geschrumpft auch der alte Mann an der holländischen Grenze, der mir seinen Namen gab. Warum eigentlich? Warum behalten Kinder, wenn sie adoptiert werden, nicht den Namen, mit dem sie geboren worden sind? Einfach als Anhaltspunkt, als Anker in der Wirklichkeit. Als Ehefrau kann man das heute schließlich auch. Wieso muss man sich sein Leben lang verleugnen? Jetzt kommt es mir so vor, als seien die Jahre meiner Kindheit weniger schmerzvoll gewesen. Kaum etwas gegen die Verzweiflung der Frau, die mich geboren hat. Wenig gegen den Käfig, in dem meine zweite Mutter ihr Leben verbrachte. Ich habe etwas über die Not der anderen gelernt, die ich irrtümlich für meine hielt. Vielleicht ist das diffuse Schamgefühl deswegen fort. Das frisch vertäute Schiff schaukelt gegen die Pfänder, als ein neues in den Hafen fährt und leichte Wellen schlägt. Marseille. Warum sollte ich ihm hier begegnen? Heute, jetzt. Und wenn ich ihm begegnete, erkennte ich ihn nicht. Oder – wollte ihn nicht erkennen. Würde einfach an ihm vorübergehen und mein Augenmerk auf eine andere Geschichte lenken. Eine, die gerade jetzt passiert. Was aber, wenn ich sie nicht auf Anhieb erkennen kann, wenn das Entscheidende hinter einer Fassade geschieht?

Als wir zurück in Berlin sind und Viktor erneut die Koffer für Afghanistan packt, sehe ich mir beim Bügeln eine Sendung über Louis Malle an. Ich habe gerade eine Bluse in Arbeit, als die Sprecherin den Namen eines Schauspielers erwähnt, der in *Le souffle au cœur* mitgespielt hat. Ich traue meinen Ohren nicht, lasse das Bügeleisen stehen und laufe zu dem Bücherregal mit dem Filmlexikon. Herzflimmern. Dort lese ich, wen Marlen gemeint hat. Daniel Gélin, nicht Daniel Jelong. Fieberhaft rufe ich im Internet Bilder des Schauspielers auf. Daniel Gélin. Natürlich kenne ich dieses Gesicht. Ich sehe ein Photo von ihm aus dem Jahr 1957, damals war er sechsunddreißig. So soll mein Vater ausgesehen haben, der junge Stromer, der zur selben Zeit dreiundzwanzig war? Ob das stimmt, was sie da behauptet hat? Oder missverstehe ich ihren Blick, wie ich ihre Aussprache missverstand? Der Geruch angekokelter Wäsche holt mich in die Gegenwart zurück.